KING

205

Della stessa autrice:

Matrimonio di convenienza
Stronze si nasce
Una Cenerentola a Manhattan
Due cuori in affitto
La verità è che non ti odio abbastanza
Prima regola: non innamorarsi
Il mio regalo inaspettato
Bugiarde si diventa
Non è un paese per single
Ti aspetto a Central Park
Innamorati pazzi

Sedicesima edizione: giugno 2023

Realizzazione grafica della copertina: S.F.M.
Cover: © Shutterstock Images

ISBN 978-88-227-6637-3

www.newtoncompton.com

Realizzazione a cura di Librofficina
Stampato nel giugno 2023 da Puntoweb s.r.l., Ariccia (Roma)

Felicia Kingsley

Appuntamento in terrazzo

Newton Compton editori

«Sognami, che io farò lo stesso e ci potremmo rincontrare
in un mondo di cui nessun altro sa le coordinate
ti darò la chiave
lì ti aspetterò
lì ti cercherò
lì ti aspetterò».

Domani, Finley

«Se tu vieni, per esempio, tutti i pomeriggi, alle quattro, dalle tre io comincerò ad essere felice. Col passare dell'ora aumenterà la mia felicità. Quando saranno le quattro, incomincerò ad agitarmi e ad inquietarmi; scoprirò il prezzo della felicità! Ma se tu vieni non si sa quando, io non saprò mai a che ora prepararmi il cuore...».

Il piccolo principe, Antoine de Saint-Exupéry

1
Alex

«Come sarebbe a dire che vai a letto con Giampaolo da tre mesi?».

Gaia evita il mio sguardo, concentrata a torturarsi le unghie. «Be', non proprio a letto».

Io sbuffo, al limite della sopportazione. «Mi tradisci con Giampaolo sì o no?!».

«Ehm, in realtà a letto con lui non ci sono mai stata», indugia con un'aria colpevole che da sola sarebbe sufficiente. «Lo abbiamo sempre fatto negli spogliatoi della palestra».

«Cristo, Gaia! Sono dettagli che non avevo bisogno di sapere!», sbotto.

Ecco, Alex, volevi una risposta chiara? Ora ce l'hai. E hai anche un'immagine vivida della tua ragazza che si fa sbattere contro gli armadietti da un bodybuilder unto e sudato.

E visto che la palestra dove lavora non è una squallida sala attrezzi di una polisportiva di periferia, ma uno dei centri fitness più di tendenza di Milano, la scena è contornata da luci soffuse e musica chill-out, ritmata ma discreta, che accompagna i loro movimenti... Frena, Alex!

Ho sempre avuto una tragica propensione ai film mentali, anche a quelli che rasentano l'autolesionismo, ma essendo io un fotografo, l'immaginazione simultanea è una deformazione professionale che non riesco a tenere a freno.

Tuttavia, la mia brillante nonché remunerativa creatività non è arrivata a sospettare che la mia ragazza storica dai tempi del liceo mi tradisse con il personal trainer di un tronista di *Uomini e Donne*.

Ho dovuto beccare un messaggio di Giampaolo solo perché lei aveva perso il suo caricabatterie – per l'ennesima volta – e aveva attaccato il suo cellulare al mio PC mentre lavoravo.

Il torrido messaggio recitava sei tanto sintetiche quanto poetiche parole: "Mi manca il tuo culo sodo".

Un ermetico, questo Giampaolo.

Un ermetico bastardo.

Evidentemente, il fatto che le palestre siano state chiuse per via dell'epidemia in corso ha impedito ai due amanti di lanciarsi nei loro amplessi post-allenamento.

E ora io e Gaia siamo qui, da mezz'ora, nel nostro salotto minimalista instagrammabile a tirare le somme di dieci anni di relazione. A essere sincero, sono mesi che la nostra relazione è in affanno, ma entrambi abbiamo messo la carriera davanti a tutto e credevo che fosse un accordo comune.

«Pensavo di non farti mancare niente», dico risentito.

«Infatti. Però sento che Giampaolo mi capisce».

«Lo senti da cosa? Da come ti tasta le chiappe?». Non riesco a mordermi la lingua.

«Lui vede il mio potenziale. Vuole aiutarmi a crescere, a farmi diventare un personaggio. Lui segue il mio profilo, *tu* no!», mi rinfaccia.

Rieccoci con la storia del profilo. Da due anni Gaia si è lanciata nel mondo degli influencer. Si è aperta un canale YouTube e un profilo Instagram come guru del fitness e ora, con i suoi cinquecentomila follower, sponsorizza tè dimagranti e integratori.

«E io non ti ho aiutato sacrificando il mio studio per farci la tua palestra-set video? E le foto che ti scatto e correggo non sono un aiuto?»

«Non è la stessa cosa».

«Senti, non provare a farmi passare dalla parte del torto, perché non sono così imbecille da cascarci. Per me siamo arrivati al capolinea quindi, cara Gaia, le nostre strade da adesso si dividono».

«Ah, mi stai lasciando?!». Scatta in piedi.

«A te cosa sembra?»

«*Io* ti lascio! Gaia Caselli non si fa lasciare».

«E invece è proprio quello che sta facendo Alex Baraldi. Anzi, adesso preparo la mia roba, faccio le valigie e mi trovo un altro appartamento. Uno dove avere uno studio tutto mio», annuncio marciando verso la camera da letto.

«Se tu te ne vai, io come posso permettermi l'affitto di una casa in questa zona?»

«Questo è un problema tuo. Perché non provi a chiedere a Giampaolo?».

Chiudo la porta della camera da letto e accendo la TV per avere un po' di rumore bianco che copra i miei pensieri che in questo momento oscillano tra il "Che coglione che sono" e "Che stronza che è Gaia". Coglione-stronza-coglione-stronza senza soluzione di continuità.

No, non posso reggere in questa casa con lei fino a quando non avrò trovato un nuovo appartamento.

Fra tre giorni dovrebbe rientrare Dario, il mio migliore amico, da Roma. Potrei appoggiarmi da lui.

Me ne vado io perché so che lei, pur di restare qui, si incatenerebbe al portone del condominio. E poi ho meno roba, faccio prima. Ho anche meno pretese, quindi trovare un nuovo appartamento non sarà un problema. Era Gaia che voleva stare vicino al Parco Sempione, a due passi dal centro per andare a fare l'aperitivo in Galleria a piedi, con la cucina open space come le instagrammer americane… Io sono spesso in viaggio per dei reportage, mi è indifferente il come e il dove; a me stava bene anche il trilocale in cui stavamo a Rozzano fino a sei mesi fa.

Il jingle dell'edizione speciale del TG interrompe il brusio di sottofondo del talk show che non stavo ascoltando, così mi siedo sul bordo del letto per vedere di cosa si tratti.

Sullo schermo compare il mezzobusto del presidente del Consiglio, lo sguardo accigliato e la fronte corrugata. Non sono buone notizie.

«Comunico che, come Governo, abbiamo adottato una nuova decisione: i numeri ci dicono che stiamo avendo una crescita importante dei contagi, delle persone ricoverate e dei pazienti deceduti. Ai loro cari va tutta la vicinanza Nostra e del Governo. Le nostre abitudini vanno cambiate *ora*, dobbiamo rinunciare tutti a qualcosa per il bene del Paese e, quando parlo del Paese, parlo dei nostri cari, dei nostri genitori e dei nostri nonni. Lo dobbiamo fare subito e ci riusciremo solo se tutti collaboreremo e ci adatteremo a queste norme. Per questo ho deciso, d'accordo con gli altri componenti del Governo, di adottare misure ancora più stringenti per riuscire a contenere il più possibile l'avanzata dell'epidemia e tutelare così la salute di tutti i cittadini. Sto per firmare un provvedimento che possiamo sintetizzare con l'espressione "Io resto a casa". Tutta l'Italia è da considerarsi zona protetta, saranno quindi vietati su tutto il territorio della penisola gli spostamenti, a meno che non siano motivati da tre specifiche circostanze comprovate: ragioni di lavoro, casi di conclamata e indifferibile necessità – ossia approvvigionamento alimentare – o per motivi di salute. Tutte le attività lavorative non attinenti al settore dei servizi e forniture di beni primari sono da ritenersi sospese se non espletabili in forma di *smart working* fino a nuovo decreto. Aggiungiamo in questo provvedimento anche un divieto degli assembramenti...».

Il presidente del Consiglio ha appena annunciato che l'Italia è in quarantena.

Questo vuol dire che sono chiuso in casa.

Con la mia ex.

2
Didi

«LA MIA VITA È FINITAAAAA!».

«Camilla, non urlare! Se ti sente l'amministratore di condominio, succede un casino. Siamo nell'orario di riposo serale», dico.

«VOGLIO MORIREEEEEEEE!».

Ecco, ho peggiorato la situazione.

Camilla vuole morire? Cosa dovrei dire *io* che per i prossimi trenta (come minimo) giorni dovrò convivere con una madre in menopausa dipendente da Facebook, un padre ex yuppie che la mattina si alza cantando: «*Andiam! Andiam! Andiamo a fatturar! Poppò-poppò-poppò-popò-popò!*», e una sorella neodiciottenne aspirante influencer con cui dovrò condividere la camera da letto, perché nella mia vecchia stanza ora c'è il nonno?

«Tesoro», prova a consolarla la mamma accarezzandole la testa mentre lei affonda a faccia in giù nel cuscino, tra le lacrime. «Quando sarà finita la quarantena faremo una festa più grande e più bella».

«Che senso avrebbe?!», mugugna lei. «Il mio compleanno è sabato prossimo, sarebbe venuta tutta la gente più figa della scuola. Anche Mattiaaaaa!».

«Mattia?», domando. Devo essermi persa un pezzo. «Non era Giacomo della quinta D il ragazzo che ti piaceva?»

«Mattia è il fratello di Alessio che è il migliore amico di Giacomo», mi risponde Camilla con voce carica di fastidio, come se fosse un concetto elementare che tutti dovrebbero conoscere. «Dopo la cena saremmo andati a ballare e me lo avrebbe presentato!».

La tragedia in corso in casa Farinelli è la seguente: sabato prossimo era prevista la festa in pompa magna per i diciotto anni di mia sorella Camilla, che è stata cancellata direttamente dal presidente del Consiglio con il decreto di quarantena, trasmesso a reti unificate un quarto d'ora fa.

«Senza quella festa non arriverò mai a diecimila follower entro giugno!», continua a disperarsi Camilla.

«Quando c'era la guerra non li festeggiavamo neanche, i compleanni!», interviene il nonno. «Vi ho mai raccontato di quando sono venuti i tedeschi e ci hanno mangiato tutte le galline ovaiole?»

«Sì, nonno. Decine di volte», dico.

«Saranno stati in venti...», comincia lui attaccando il disco che in famiglia conosciamo tutti a memoria.

Adesso dovrebbe arrivare la parte in cui sua madre nasconde i prosciutti sotto le assi del pavimento.

«Quando la mamma ha sentito il rumore delle camionette lungo il viale del podere, ha preso tutti i prosciutti che erano appesi alle travi e li ha nascosti sotto le assi...».

«Del pavimento della lavanderia», lo anticipo sovrastando i singhiozzi di Camilla, sempre più forti. «Nonno, sta per iniziare "La ghigliottina", accendo la TV?», gli chiedo, invitandolo a lasciare me e mia madre sulla scena del crimine.

Camilla è fuori di sé. «Niente scuola, niente uscite, tanto vale farmi suora e murarmi in convento!».

Quando le scuole hanno chiuso, dieci giorni fa, lei e i suoi compagni avevano esultato prendendola come una vacanza premio: sveglia tardi, pomeriggi in giro e pigiama party a casa di una o dell'altra amica.

Avevo detto alla mamma di darle un giro di vite, ma al decimo: «Ti odio, mi stai rovinando la vita», le ha dato la sua benedizione.

Un po' mi infastidisce che, con lei, i miei genitori siano così permissivi, io mi sono dovuta guadagnare con fatica ogni singolo privilegio. Sono stata l'ultima della mia classe ad avere un cellulare, potevo uscire il sabato sera per una pizza *se e solo se* c'era un genitore a vigilare, e quando ho ottenuto l'agognato permesso per andare in discoteca, il coprifuoco è stato fissato alle due e trenta senza sconti.

Mi avevano spaventato così tanto con la storia dei maniaci che mettono le droghe nel cocktail di nascosto che andavo a ballare con la bottiglietta nella borsa. Camilla, a quattordici anni, aveva già in mano le chiavi di una Vespa 50 rosa confetto.

«Così è più autonoma», aveva risposto la mamma quando le avevo fatto notare il *leggerissimo* squilibrio rispetto ai trattamenti riservati a me.

La piccola ingrata cammina sulla strada che ho battuto *io* conquistando ogni metro con il coltello tra i denti e ora ha pure il coraggio di lamentarsi perché per un mese non potrà uscire. È uscita più lei in sei mesi che io in tutte le superiori!

I dieci anni di differenza forse ci hanno impedito di essere unite o complici. Dopo l'Erasmus a Berlino, ho avuto la fortuna di trovare lavoro lì e sono quasi cinque anni che ciò che succede in questa casa non mi tocca da vicino. Tranne quando torno per feste comandate e compleanni, cioè ora.

Devo anche spiegare ai tedeschi che non potrò rientrare al lavoro nei tempi previsti, cosa che a Rilke non piacerà affatto. Sono la responsabile per l'estero di una società che produce materiali ad alta riciclabilità alternativi alla plastica e tra due mesi si dovrebbe tenere la fiera più importante del settore, motivo per cui il lavoro ferve a pieno regime, in particolare nella mia divisione, diretta dall'inflessibile Rilke – che, detto sottovoce, non nutre particolare simpatia per gli italiani.

«Signore, ho trovato la soluzione! *De soluscion*», annuncia papà piombando in camera con il cellulare alla mano. «Ho chiamato il ristorante dove dovevamo fare la festa e ho risolto!».

«Riusciamo a fare lo stesso il ricevimento?», domanda la mamma speranzosa.

«Ma, no, Ceci, è tutto chiuso, non si può. Però, siccome è già tutto pagato e non ci rimborsano ho detto loro di scrivere sulla fattura, invece che "Festa di compleanno", "Evento aziendale", così la metto nelle spese e mi va in detrazione. *Taaaac!*».

Camilla scoppia di nuovo nel suo pianto a dirotto, la mamma insulta papà e il nonno sbraita alla TV: «La parola è letame! Sì, sì, letame, letame! Ho indovinato, guardate!».

«Vado a buttare la spazzatura», annuncio con brio. Tutto pur di levarmi di mezzo. Afferro i cinque sacchetti e scendo nell'androne del palazzo con i contenitori della differenziata.

Carta... umido... vetro... plastica... Indiff... UN MOMENTO!

Chi ha messo i contenitori di plastica del takeaway nell'indifferenziato?! Ci sono scatole di sushi, secchielli di yakisoba e terrine di insalata buttati senza ritegno nel bidone grigio anziché in quello giallo! Eppure c'è scritto a chiare lettere.

In questo mondo governato dall'egoismo, differenziare è una delle poche cose che mi dà soddisfazione, sento di fare la mia parte anche se sono una goccia nel mare. Se *tutti* lo facessimo correttamente, la qualità ambientale migliorerebbe in modo sensibile, però è sufficiente un lavativo per rovinare l'impegno di cento persone.

Smaltisco i contenitori nel bidone giusto e torno su a casa, dove scrivo un cartello a pennarello e torno ad appiccicarlo con lo scotch sul muro dell'androne.

"I contenitori di plastica del cibo d'asporto vanno lavati e gettati nell'apposito bidone GIALLO".

Soddisfatta la mia coscienza civile trovo mia madre sulla soglia che trascina fuori di peso papà.

«Ma dove state andando a quest'ora?! Sono le dieci di sera!».

«All'Esselunga!», annuncia lei con tono battagliero. «Dobbiamo fare rifornimento! Vieni anche tu, Didi! Due braccia in più ci faranno comodo».

3
Alex

Mi sveglio di soprassalto, allarmato dal fracasso del frullatore di Gaia con cui sta tritando le mandorle. E i miei timpani.

«Gaia, ti dispiace?»

«Cosa?!», urla indifferente al mio fastidio.

Mi alzo con la schiena irrigidita dal nostro scomodissimo divano di design e le stacco la spina del Moulinex. «Dormivo. Non te ne eri accorta?»

«Sì, ma questa è l'ora della mia *morning routine*. Scusa, puoi spostarti? Sto registrando un video».

«Un vi... Un video?!», esplodo.

«Sì. *Cosa mangio in un giorno*, poi devo girare il primo episodio di *In forma in quarantena* per YouTube e dopo, visto che oggi c'è una bella luce, fare qualche scatto di repertorio da postare su Instagram con delle frasi motivazionali utilissime quando non ho materiale nuovo. Magari potresti darmi una mano».

«Leggi il labiale, Gaia: NON CI PENSO NEANCHE. Ti sei scordata che ieri sera ci siamo lasciati o hai battuto la testa e ti è venuta un'amnesia?»

«Però sei ancora qui».

«Sono qui perché c'è un decreto del presidente del Consiglio che mi impedisce di andarmene, visto che ancora non ho un altro posto che non sia questo inferno di fitness e cibo macrobiotico».

«Perché non torni dai tuoi? Un sacco di gente è partita ieri sera! Sono sicura che se vai in Stazione Centrale adesso, un treno per Modena lo trovi».

«Sì, Gaia, mi sembra un'idea geniale abbandonare la regione più organizzata d'Italia per andare a infettare mio padre che ha un triplo bypass, in un paesino di mille abitanti inerpicato sull'Appenino modenese, dove l'ospedale più vicino è stato chiuso cinque anni fa!».

«Ma tu non sei infetto! Un momento... non è che sei infetto? Stammi lontano!».

«Non sono infetto, almeno non credo. Ma di certo un viaggio di due ore ammassato in un carro bestiame saturo di umanità varia è un invito al virus a fare di me il suo portatore, no? Non ci hai pensato?»

«Be', se intendi restare qui, almeno non interferire con la mia carriera».

«Di che carriera parli? Sponsorizzi FitCose, quel piscio di gatto che neanche bevi! Non la chiamerei esattamente carriera. Tu, piuttosto, inizia a pensare a come arrangiarti a ritoccare le tue foto da sola perché *Dunèin l'è mort e sò fiòl al sta mèl dimondi*».

«Eh?», mi domanda lei con aria interrogativa. Prenderla in giro in dialetto è una delle cose che mi è sempre piaciuto fare, un po' per vendetta nei suoi confronti quando mi stordisce con i suoi inglesismi non necessari. Io l'inglese lo parlo, forse anche meglio di lei, ma lo uso per lavoro o in contesti dove è necessario, non per far vedere agli altri quanto sono figo e fingere competenze che non ho.

Dunèin l'è mort significa che Donato (cioè colui che regala) è morto, e suo figlio sta molto male. «Che è finita l'epoca d'oro dello scrocco. Ora, se vuoi che ti ritocchi gli addominali per farli sembrare più scolpiti, dovrai pagarmi, e anche caro».

«Cosa?! Non è giusto! Lavori per NatGeo Italia! Ci metti due secondi».

«Infatti. Photoshoppare i selfie di una fitness blogger perché ci scriva sotto: "M'illumino d'immenso" totalmente a caso è degradante. E il degrado ha un prezzo. Altrimenti puoi sempre chiedere a Giampaolo se lo sa fare».

«Sai, Alex, sei proprio uno stronzo! Avrei dovuto lasciarti prima», ringhia Gaia, che in uno slancio di astio mi getta addosso la melma verde del suo centrifugato.

Sulla mia amata maglietta del *Rainforest Tro-*

phy. È stato il primo raduno off-road a cui ho partecipato quando lavoravo per la rivista «4x4»: un percorso fuoristrada nelle foreste della Malesia, da Kuala Lumpur a Rompin town in una settimana.

Il ricordo mi addolcisce e sento che mi scende la serranda dell'autocontrollo. «Scusami, Gaia», dico a denti stretti mentre riattacco la spina del frullatore. «Mi spiace di aver interrotto la tua colazione».

«Ci mancherebbe che ti scusi».

«Ma certo, anzi. Voglio farmi perdonare». Afferro il suo cellulare sotto il suo sguardo incerto.

«In che modo?»

«Lascia che ti proponga un *upgrade* della tua granella di mandorle». E così dicendo, ficco il telefono nel frullatore e lo avvio alla massima potenza mentre lei, impotente, strilla disperata.

«Fermo! Sei impazzito?! Io ti querelo! Ti chiedo i danni», minaccia mentre sotto i suoi occhi il suo prezioso smartphone si sbriciola al taglio delle lame vorticanti e io, che non ne posso più di sentire la sua voce, mi chiudo fuori sul balcone, le braccia tese sul parapetto a respirare profondamente.

Proprio in quell'istante mi cade tra le braccia Leoncavallo, il gatto bianco della signora Manini, che abita al piano di sopra.

Ha il vizio di dormire sul davanzale e almeno

una volta alla settimana cade sul balcone. Il gatto, non la signora Manini.

«Neanche ventiquattr'ore e stai già per buttarti di sotto anche tu?», mi domanda una voce alla mia sinistra.

4
Didi

In camera con mia sorella non sono riuscita a dormire perché continuava a mandare vocali alle sue amiche, poi il nonno si sarà alzato almeno dieci volte per andare in bagno. Poverino, la colpa non è nemmeno sua… se mai della prostata.

Verso l'alba stavo per appisolarmi, ma a quel punto mio padre si è lanciato in una conference call. «Chi dorme… non fattura», è stato il suo buongiorno.

L'unica cosa che può dare un senso alla giornata è il caffè. A Berlino faccio finta che mi piaccia quello di Balzac – franchising tedesco, copia spudorata di Starbucks –, ma la verità è che non c'è nulla come l'espresso italiano, cremoso, con quell'aroma fragrante che avvolge i sensi.

Questo quando i tuoi sensi sono in pace, non quando sei in cucina con: la mamma che sta preparando un pentolone di ragù con cui sfamare un reggimento, che ha intenzione di congelare;

il nonno che succhia il caffellatte dal cucchiaio e Camilla che brontola perché in frigo non c'è quello che vuole lei.

«Perché non hai preso gli avocado?», domanda scocciata alla mamma.

«Cosa?»

«Gli avocado! Per fare gli avocado toast!».

«Ci siamo riforniti solo di generi di prima necessità: cibo a lunga conservazione, da congelare, bevande e carta igienica!».

Ieri sera tutta Milano deve aver avuto la stessa idea di mia madre perché, quando siamo arrivati nel parcheggio del supermercato, ci siamo trovati coinvolti in un duello all'ultimo carrello e papà ha proposto un *bisness* dei suoi alla signora che si era accaparrata l'ultimo: una moneta da due euro in cambio del suo con dentro una da cinquanta centesimi.

Vista la ressa, la mamma ha distribuito i compiti: mio padre è stato destinato al rifornimento di acqua, latte e cose pesanti; lei, agli alimenti, e indovinate a chi è toccato girare tutta l'Esselunga con una piramide di pacchi famiglia di carta igienica ultrasoffice a tre veli? Non serve che aggiunga altro.

Le razzie sono una barbarie, se c'è un luogo sulla Terra dove non c'è il rischio che manchi il cibo è l'Italia. Anzi! Se mai, con il *lockdown* della ristorazione, del settore alberghiero e dell'export, ci sarà cibo in eccesso e molti agricoltori e allevatori potrebbero trovarsi a buttare la loro produzione. Ho provato a spiegarlo a mia madre, ma non ha voluto sentire ragioni, così abbiamo stipato il bagagliaio di farina, uova, pasta, sughi, olio, sale e zucchero che, nel caso in cui la situazione precipitasse, potremmo tranquillamente rivendere al mercato nero.

E gli assorbenti biodegradabili.

La mamma, essendo entrata nella sua luna calante – così chiama la menopausa –, non li aveva gentilmente menzionati nella lista, ma per fortuna me ne sono ricordata.

Eppure, in questo momento, gli avocado sembrano più importanti.

«Tesoro, hai sempre mangiato le fette biscottate con la marmellata a colazione, cos'è questa cosa degli avvocato toast?»

«Avocado!», ripete Camilla stizzita. «Tutti mangiano gli avocado toast! Anche Gaia!».

«Gaia?», domandiamo io e mia madre confuse.

Camilla sfodera il cellulare e ci mostra la foto di una ragazza scolpita nel marmo, fasciata in una microtutina aderente di ciniglia, che addenta un toast con fare ammiccante. «È *FitWithGaia*! Pronto?! Cinquecentomila follower. Ma dove vivete?!».

«Io a Berlino», rispondo indifferente buttando giù il mio caffè, senza neanche godermi il sapore.

«Chissà a che punto sono i lavori di ripavimentazione di via Togni», interviene il nonno, sempre fuori dal coro.

«Gaia vive qui, in questo condominio! È troppo bella e poi è simpaticissima, la seguono un sacco di VIP. Ha un fidanzato figo da paura. Mi piacerebbe essere come lei... Però non posso, se qualcuno non mi compra gli avocado!».

Ok. Basta. Se sento nominare ancora una volta gli avocado toast mi sanguineranno le orecchie: papà ha trasformato il salotto nella succursale del suo ufficio, la cucina sembra lo studio di *MasterChef*, il nonno sbraita contro il telegiornale e Camilla si è chiusa in camera per le lezioni online.

Posto per me, per poter fare yoga in pace, non c'è.

«Didiiiiii!», mi chiama mia madre. «Mi aiuti a dividere la pasta al forno da mettere nel freezer?».

Pietà.

Ho bisogno di tregua. E di stretching – quella brandina è un massacro per la schiena.

Afferro un tappetino da yoga e mi fiondo sul balcone che gira tutto intorno all'appartamento, unica via di fuga concessa dalla quarantena.

Aria. E silenzio.

E parlando di Milano, il silenzio è qualcosa di soprannaturale. Milano non è mai silenziosa, nemmeno nel cuore della notte, nemmeno a Ferragosto.

Ora, invece, sembra tutto cristallizzato: la strada vuota, le auto parcheggiate, le serrande abbassate. E, cosa ancora più ironica, il cielo è limpido, azzurro, senza neanche una nuvola. Che beffa, una giornata così bella proprio quando non si può uscire a godersela. Passeggio intorno al perimetro fino a girare l'angolo dell'edificio e sul balcone dell'appartamento accanto al nostro noto un ragazzo che, piegato sulla balaustra, sbuffa. Proprio in quel momento gli piove tra le braccia un gatto dal piano di sopra.

«Neanche ventiquattr'ore e stai già per buttarti di sotto anche tu?», gli dico.

Ha l'aria di uno che si è alzato da poco, ma non deve essere stato un buon risveglio, il suo. Si passa una mano tra i folti capelli castano chiaro, né lunghi né corti ma decisamente spettinati. «Sembro sul punto di volermi suicidare?»

«Un po'», ammetto mentre mi dedico al riscaldamento muscolare. «Ma avresti tutta la mia comprensione».

«Giornata no?»

«Diciamo che mi trovo nel posto sbagliato al momento sbagliato».

«Siamo in due», concorda lui. «Senti, non vorrei risultare villano ma... non mi ricordo di te. Io viaggio un sacco per lavoro e non so bene chi abiti in questo condominio, nonostante siano sei mesi che sto qui. Non ci siamo già visti, vero? O sono io che perdo colpi?»

«No, non perdi colpi. Io ho abitato qui dai miei fino a cinque anni fa, poi mi sono trasferita a Berlino e torno solo per feste e occasioni speciali. O epidemie mondiali, a quanto pare. Sono arrivata due giorni fa perché mia sorella compie diciotto anni e se non fossi venuta mia madre mi avrebbe diseredata. Dovevo restare giusto una settimana, ma poi...».

«...Ieri sera è uscito il decreto *Stai a casa* e la settimana è diventata un mese».

«Esattamente».

«La tua famiglia sarà felicissima di poterti coccolare per tutto questo tempo».

«Coccolare?», domando scettica. «Mia sorella è nella sua fase "Odio tutto e tutti", mia madre ha una pericolosa propensione al complottismo, mio padre è drogato di lavoro e poi c'è il nonno che è già in astinenza da osservazione cantieri. E io non ho una stanza mia».

«Non male. Però io ti batto, mi sa».

«Sul serio? Hai lo scaldabagno rotto?», butto lì. Non saprei immaginare una condizione peggiore della mia.

«Magari!». Lui alza gli occhi al cielo, scuotendo la testa. «No, io sono chiuso in casa con quella che da ieri sera è diventata la mia ex».

«Cosa?», domando incredula.

«Ci siamo lasciati poco prima del discorso del premier. E non ho un altro posto dove andare».

«Devo dire che provo una sincera pena per te.

Ti offrirei asilo qui da noi, abbiamo cibo per due anni, ma l'unica brandina disponibile la sto già usando io, ahimè».

«Ho un buono spirito di adattamento, anche il pavimento andrebbe bene. Qualsiasi cosa sarebbe meglio che vivere con la donna che mi tradisce da tre mesi».

«Ok», dico alzando le mani in segno di resa. «Tu mi batti».

Tradito. Questa è una cosa di cui non mi capacito. È vero che la bellezza non è tutto, ma è difficile immaginare di meglio. Anche così com'è adesso, arruffato e con l'aria di chi è stato appena arrotato da un tram, devo confessare che il ragazzo ha parecchie cartucce da sparare. Non so se sia uno di quelli che si rade ogni giorno, ma l'ombra di barba gli dona e le occhiaie della nottataccia non penalizzano i suoi occhi grandi e chiari. Non so dire se siano azzurri o verdi – da qui non vedo bene – ma sono intensi ed espressivi.

E ha un bel sorriso. Almeno, per quanto possa sorridere uno che ha appena scoperto di avere le corna.

Il mio cellulare suona, è Rilke che mi chiama a rapporto. «È il mio capo», dico indicando il telefono. «Devo andare. Anche oggi, niente yoga».

«Nessun problema».

«Non buttarti di sotto, eh», lo avverto. «Mi raccomando».

«Farò il possibile. Ma ora che so che qualcuno tiene alla mia vita, ho già un motivo in più per non farlo».

«Oh, no. Non è perché tengo a te. È che se muori, poi lo scettro del più sfigato del condominio passa a me».

«Erano proprio le parole che avevo bisogno di sentire».

«Allora... ci si vede su questi terrazzi».

«Su questi terrazzi», annuisce lui. «Buona quarantena».

«Buona quarantena a te».

E mentre rientro, con Rilke che mi sbraita ordini in tedesco che cerco di appuntarmi mentalmente, mi sento avvolgere dalla confortevole sensazione di sentirmi meno sola.

5
Alex

Incredibile quanto uno spazio, nel momento in cui viene condiviso con una persona con cui non si sta bene, diventi soffocante.

Una delle caratteristiche di questo appartamento, che ci aveva convinto ad affittarlo, è la sua ariosità. È luminoso, con soffitti alti, stanze confortevoli, eppure adesso mi sembra accogliente quanto Guantanamo.

Gaia ha preso possesso della sala e io mi sono ritirato nella camera da letto che non sento più mia. Anche il materasso mi pare imbottito di ortiche tanto che mi sono messo a lavorare sul pavimento.

Non sono a mio agio a stare sul letto in cui ho dormito per tre mesi con una persona che mi ha tradito.

In più, tutto (ma proprio tutto) è impregnato del suo stucchevole profumo alla vaniglia, che prima mi piaceva ma ora mi nausea e basta.

In generale, non sono più a mio agio con nulla qui dentro.

È stata una rivelazione: non conosco la persona con cui ho vissuto per dieci anni e anche tutte le cose che dovevano rappresentare il "noi" ora mi sembrano estranee.

Dovevo iniziare a capire che qualcosa non andava quando lei ha fatto sparire tutte le cornici con le nostre foto.

Al di là del fatto che ritraevano i nostri momenti felici insieme e i nostri ricordi, le foto sono il mio lavoro e la mia passione, quindi l'avevo presa come un'offesa personale.

Lei si era giustificata dicendo che seguire la filosofia minimalista voleva dire economizzare, semplificare e ottimizzare il nostro stile di vita, e quindi foto e decorazioni erano diventate sostanzialmente superflue.

Avevo incassato senza replicare, ma oggi leggo quel gesto con occhi diversi. Gaia stava minimalizzando anche noi due, aveva già iniziato a fare posto per qualcos'altro. O per qualcun altro.

La seconda notte sul divano è stata meglio della prima, ma solo perché ero talmente in debito di sonno che, più che addormentarmi, credo di essere svenuto.

Stamattina non mi ha svegliato il frullatore di Gaia, ma il corriere che le ha portato un telefono nuovo di zecca.

«Io esco», annuncia lei entrando in camera e

infilandosi gli auricolari. «Se puoi, non dare fuoco alla mia roba».

«Non ci stavo neanche pensando, ma ora che mi hai dato l'idea...».

«Non ci provare, hai fatto già abbastanza danni. Se quando torno trovo casino, ti sbatto per strada».

«Fino a prova contraria, ho pagato metà dell'affitto, quindi non hai nessun diritto di buttarmi fuori. E comunque non puoi uscire».

«Vado al parco a correre».

«E da quando corri al parco? Hai sempre usato il tapis roulant», le faccio notare.

«Ora che in giro non c'è nessuno, vengono delle belle foto».

«Questo sì che mi sembra sensato. Cosa non ti è chiaro del concetto di "distanziamento sociale"?»

«Ora sento il bisogno di distanziarmi da te, per esempio».

«È da un pezzo che io e te siamo distanziati, Gaia, solo ora me ne rendo conto. L'unica cosa che ti chiedo è di rendermi questa convivenza forzata il meno fastidiosa possibile fino al giorno in cui sarò libero di uscire di qui e farti diventare solo uno sgradevole ricordo».

«Quanto sei melodrammatico!».

«E tu superficiale».

«Mi stai rovinando il mood», bercia stizzita facendomi segno di tacere con il palmo alzato. Poi si controlla il trucco e finalmente esce.

Un'altra cosa incredibile è come la persona che fino a due giorni fa ero felice di abbracciare adesso muoia dalla voglia di prenderla a calci nel sedere.

Quel viso che mi piaceva osservare, disegnare e fotografare, non riesco a guardarlo più di due secondi.

Da uno degli scatoloni in cui ho riversato la mia roba appena prima del discorso del premier, fa capolino un pacchetto bianco e ammaccato di Chesterfield rosse.

Fumavo. Una delle cazzate che inizi a fare alle superiori per giocare all'adulto, al nichilista, solo perché le persone ti ricordino per qualcosa, visto che probabilmente non sei altro che un piccolo stronzo egoriferito senza personalità.

La prima te la passa sempre l'amico che fuma già, dai due tiri senza aspirare e ti fa pure schifo. Tutti quelli che conosci, però, fumano, così il bisogno di fare parte di qualcosa ti spinge a chiederne un'altra, che fingi di fumare con naturalezza anche se fatichi a nascondere le smorfie di disgusto. Un giorno ti ritrovi dal tabaccaio a chiedere il tuo primo pacchetto. Scegli le Philip Morris perché piacciono alle ragazze e ti fa stare bene l'idea di averlo in tasca.

Inizia così. Quando sei con i tuoi amici anche tu te ne accendi una. Dài tiri veloci, non mandi giù il fumo, lo tieni in bocca e non riesci a parlare, ma non lo sputi fuori subito altrimenti capiscono che non hai aspirato.

Una volta però succede, per sbaglio, eri distratto e inali, e ti sembra di aver attaccato la bocca a una marmitta, con questa palla calda che t'infiamma la trachea. Che merda!

Eppure continui a comprartele e a fumarle. I primi pacchetti ti durano quasi un mese perché, alla fine, fumi solo quando devi farti vedere. Le tieni imboscate in posti impensabili perché non le becchi la mamma e stai sempre ben attento a sciacquarti con il collutorio fino alla prima grande scenata, a cui segue la seconda grande scenata e la terza, in cui ti minacciano di non darti più la paghetta. Dalla quarta nessuno ti dice più nulla.

E le sigarette al giorno diventano due, poi tre, poi cinque, perché il problema della sigaretta è che ti lascia sempre insoddisfatto, come una scopata in cui non vieni mai.

Alla fine è solo un'abitudine che non ti lascia niente, ma senza ti manca qualcosa, anche solo il gesto di portarti le dita alla bocca.

A mia difesa dico che non sono mai stato uno di quei nicotinomani incalliti che si accende una sigaretta quando ancora non ha finito l'altra; ne fumavo una la mattina, una a pranzo dopo il caffè e una prima di andare a dormire. Era una dipendenza controllata e smettere è stato abbastanza facile.

A Gaia dava fastidio l'odore di fumo in casa – come penso a ogni non fumatore – e per amore mi è sembrato un gesto significativo. Sono tre anni che non tocco una sigaretta e ho tenuto il mio ultimo pacchetto di Chesterfield solo perché... non lo so, non l'ho buttato e basta.

Ora il pacchetto è lì che pare chiamarmi. E io rispondo.

Lo prendo dallo scatolone e lo apro. Ce n'è rimasta una e mi sembra quasi un segno. Pesco l'accendino che Gaia usa per accendere le sue candele aromatiche e vado sul balcone dove la fiamma, a contatto con la sigaretta, sprigiona subito quell'inconfondibile odore di tabacco bruciato.

Tiro la prima boccata e la prima cosa che penso è: "Vaffanculo, Gaia". Aspiro la seconda e mi soffermo a fissare il balcone a sinistra e scorgo la ragazza bionda, quella in clausura con i suoi, di ieri.

Sta stendendo una cesta di bucato e non mi ha visto.

Devo dire che è molto carina, acqua e sapone, e sembra molto più giovane dell'età che deve avere. Forse è la frangetta. Oppure le lentiggini. O magari le ciglia lunghe.

Noto i dettagli, tutti, deformazione professionale. Ha dei lineamenti molto dolci che è un piacere guardare.

«*Etciù!*», starnutisce con un balzo che le fa fare un saltello all'indietro.

«Salute», rispondo.

6
Didi

Quel "salute" mi ha spaventato più dello starnuto che non avevo sentito salire.

Mia madre usa ettolitri di ammorbidente e io che sono molto sensibile agli odori vado in crisi. Mi lacrimano gli occhi.

«Mi hai fatto prendere un colpo. Non mi ero accorta che fossi lì», gli dico.

«Solo da un minuto», dice.

«La sigaretta del buongiorno?», gli domando accennando a quella che stringe tra le dita.

«Ho smesso di fumare tre anni fa».

«Affermazione contraddittoria».

«Sì, be', questa è un reperto che ho dissotterrato tra la roba che ho ammassato negli scatoloni in vista di un prossimo nonché agognato trasloco. La situazione è… pesante».

«A dir poco».

Lui soffia una boccata di fumo verso l'alto che

sembra quasi un sospiro. «Darei il braccio destro per potermene andare di qui».

«Sai, ti confesso una cosa: sapere che c'è chi sta peggio di me ha un che di consolatorio».

«Molto altruista da parte tua», osserva lui con una punta di sarcasmo.

«Tipico caso di *Schadenfreude*».

«Cosa?», mi domanda aggrottando la fronte.

«*Schadenfreude*. È una parola tedesca intraducibile in italiano. Rappresenta quella sensazione di compiacimento che ti dà la sfortuna altrui».

«Tipo quando uno ti ruba il parcheggio e poi si becca la multa?»

«Esatto».

«Sbaglio o è un atteggiamento un filo passivo-aggressivo?»

«Può essere. Ma, ehi, dormo in camera con una diciottenne incazzata con il mondo, che manda vocali fino alle tre di notte e ha come sveglia *Musica (e il resto scompare)*, cerca di capirmi se un po' ci godo se qualcuno sta messo peggio».

«Con questo ultimo dettaglio non so se sono davvero io quello messo peggio. La tua *Schadenfreude* potrebbe ritorcertisi contro».

«Oh, tu vuoi farmi credere che non hai provato un sano godimento quando a qualcuno che ti stava antipatico è successo qualcosa di brutto?»

«In realtà so dirti anche chi e quando. Alessio Catellani, terza media. Io ero l'unico della mia classe a non essere ancora sviluppato: ero piccolo e magro, di quelli che se li metti di profilo spariscono; lui invece era l'alpha della scuola e nell'ora di ginnastica era quello che faceva le squadre. Che si trattasse di basket, calcio o pallavolo io ero sempre l'ultimo a essere scelto. Al torneo della festa di fine anno lui è caduto dalla bici spalmandosi sull'asfalto e non ha potuto giocare. Io ho fatto il panchinaro lo stesso, ma mi bruciava meno».

«Visto? *Schadenfreude!* Nessuno è immune, siamo esseri umani», esclamo a dimostrazione della mia teoria. «E se Alessio Catellani ti vedesse ora non ti riconoscerebbe, visto come sei». Mi zittisco subito, rendendomi conto di aver fatto un inopportuno complimento indiretto. Però, a guardarlo oggi, non si direbbe che il mio vicino sia stato un nanerottolo smilzo bullizzato dai capetti della classe. «Cioè... sei alto, intendo».

«Infatti è il mio primo pensiero ogni mattina quando mi sveglio: se solo mi vedesse Alessio Catellani!».

«Non sei comunque nel tuo momento migliore per provare *Schadenfreude* verso qualcun altro...». Proprio nell'attimo in cui mi volto per prendere il secchiello delle mollette da bucato, però, una folata di vento improvvisa agita l'aria, con un gran sbatacchiare delle imposte contro il muro e i panni che si alzano dallo stendino. Mi ci butto sopra a peso morto per evitare che il bucato mi cada di sotto.

«Tutto bene?», mi domanda. «Lo sai, vero, che da regolamento di condominio è vietato mettere stendini in balcone? Te lo dico non perché me ne freghi qualcosa, ma perché l'amministratore è un po' nazista e potreste trovarvelo alla porta nell'arco di mezz'ora».

«Lo so, ma mia madre si è data alle pulizie di primavera, l'asciugatrice lavora a ciclo continuo e non sappiamo più dove appendere il bucato. Questa è l'ultima spiaggia».

«C'è anche un altro motivo per cui è meglio non mettere gli stendini fuori», dice lui chinandosi a terra per poi tirarsi su di nuovo, sventolando un pezzo di pizzo rosa tra le dita. «Queste sono atterrate qui».

Un momento. Quelle sono... «Le mie mutande!».

«Che non erano di tua madre già lo sapevo, tuo padre e tuo nonno li escludo a priori e tua sorella è troppo giovane per...».Lui legge l'etichettina all'interno dell'elastico. «La Perla. Ottimo gusto. Approvo».

«Sono un regalo». Un regalo che mi sono fatta io, ma non voglio che pensi a... non so bene cosa non voglio che pensi. Non voglio che pensi proprio.

«Guarda che non devi giustificarti».

«Ridammele».

«E se non volessi?»

«Verrei a riprendermele».

«Non puoi: distanziamento sociale. Lo dice il decreto».

«Hai proprio una bella faccia tosta».

«Credo che le userò per far ingelosire la mia ex», dice infilandosele in tasca. Il tipo apre la porta scorrevole per entrare. «La prossima volta potresti lanciarmi anche un reggiseno?».

E un secondo prima che lui riesca a chiudersi dentro riesco a centrarlo tirandogli i mutandoni a quadri del nonno.

7
Alex

Mi sveglio di uno strano, stranissimo buonumore. Non è normale alzarsi fischiettando quando dormi su un divano di cemento con la tua ex che circola per casa ricordandoti, ogni volta che passa, quanto sei coglione.

Eppure stamattina mi sento carico, allegro e motivato.

Alla fine quegli slip di pizzo ho deciso di incastrarli tra i cuscini del divano per vedere come reagirà Gaia quando li troverà. Il fatto è che per tutta notte ho avuto visioni molto stimolanti su quegli stessi slip indosso alla loro proprietaria.

A proposito! Sono due giorni che ci parlo e non so neanche come si chiama.

L'ho già detto che sono uno facile ai film mentali.

La colpa è del loro penetrante profumo di ammorbidente ai fiori tropicali che ha iniziato a stuzzicarmi l'idea che anche la sua pelle sappia di mango e frutto della passione e… e mi sono svegliato con un forte bisogno di "ammorbidente".

Mi sono concentrato sul lavoro, preparando le foto dei servizi da mandare alla redazione senza staccarmi dal PC tutto il giorno.

Bugia, in realtà ho provato a uscire sul balcone un paio di volte, ma piove da stamattina senza stop: viene giù che sembra pagata.

Chissà cosa sta facendo lei?

8
Didi

«Mamma, smettila di inoltrarmi catene di sant'Antonio con scritto: "Condividi se hai un cuore"», esclamo all'ennesimo post che mi ritrovo sulla bacheca di Facebook.

«Ma è la foto di un uomo contagiato dal virus che non verrà curato perché, essendo già paralizzato e in carrozzina, non avrebbe chance di guarire», protesta lei.

«Questo non è un contagiato. È Stephen Hawking! Ed è morto!».

La faccia di mia madre trasfigura in un'espressione di dolore. «Morto? Già?»

«Sì! Anni fa! E non c'entra nulla con il virus».

«Oh».

«Quante volte te l'ho detto? Non condividere notizie non verificate o condivise dalla comunità scientifica».

«La comunità scientifica mente. Questo virus

è stato diffuso nell'aria dal governo ombra per risolvere il problema della sovrappopolazione, guarda qui», bercia mia madre tendendomi il cellulare. «Lo dice questo professore di Harvard: Robert Langdon».

Fisso incredula la foto di Tom Hanks. «Robert Langdon? Sul serio?»

«Lo conosci?»

«Mamma, questo che hai letto non è un complotto del governo ombra. È la trama di *Inferno* di Dan Brown». Accidenti a me e a quando le ho fatto l'account Facebook!

Quando mi sono trasferita in Germania mi era sembrata un'idea carina. «Così ci teniamo in contatto», avevo detto. Beata ingenuità. A parte che ancora commenta i miei post che non capisce con la frase "Non ho capito". Evidentemente, se non ha capito, è perché quel contenuto non era destinato a lei.

Come il cliccare in maniera compulsiva sul tasto "Condividi" per tutto ciò che vede o legge.

Finché si trattava di gattini e "Buongiornissimo caffè" potevo ancora perdonarglielo, poi ha iniziato a iscriversi ai gruppi più disparati e si è unita ai complottismi digitali.

«Didi». Arriva mia sorella, a tirarmi per il braccio. «Devi aiutarmi a registrare un video».

«Io?»

«Sì, ti prego. Da sola non riesco. Devo farlo bene, perché poi lo devo caricare».

«Ma tu non devi studiare per l'interrogazione di inglese di domani?», le chiede mia madre.

«Sì, ma tanto su Zoom la prof mica lo vede se mi tengo il libro davanti. Dai, Didi, ci mettiamo un secondo».

Quando ha bisogno di un favore sono Didi, quando le sono d'intralcio sono Quella.

«Solo se è una cosa veloce», cedo, perché so che finché non le dico sì non mi darà pace. Il secondo però diventa un'ora perché papà in sala non riesce a stare in silenzio per cinque minuti di seguito, con il telefono che gli squilla più di un centralino della Telecom.

«Papà, ma non puoi andare in cucina un attimo?!», sbotta Camilla.

«Cami, qui c'è da tenere alta la performance. *Smart working* e giro d'affari al top. Pronto, Franco? Stai preparando il report della pratica Vannuzzi? Già fatto? Sei il *number one*! Numero uno! Fammi un *check* delle quotazioni delle materie prime che poi ci *briffiamo* su Skype».

La pioggia battente mi impedisce di rifugiarmi sul balcone per una mezz'oretta di decompressione, così che l'unico momento di relax uditivo riesco a rubarlo quando vado a buttare la spazzatura, il solo appuntamento mondano concesso dalla quarantena.

Tra l'altro, l'amministra-nazi di condominio ha emesso una circolare per vietare l'uso di tutti gli spazi condominiali se non per, appunto, lo smaltimento dei rifiuti, quindi perfino una sosta ingiustificata sul pianerottolo è illegale.

Scendo giuliva con i miei sacchi e li svuoto, se non che, anche stasera ritrovo (come anche ieri sera e ieri l'altro ancora) i soliti contenitori di plastica del take-away nell'indifferenziato.

E dire che il cartello che ho scritto è bello chiaro, a prova di ipovedente!

Decido di essere più radicale e piazzo un nuovo cartello, stavolta sul bidone grigio, senza mezzi termini: "Le scatole di plastica del take-away vanno nel bidone della PLASTICA. Sì, dico a te, analfabeta funzionale che continui a ficcarli nell'indifferenziato".

Vediamo se il messaggio arriva.

Torno in casa godendomi il lusso di farmi tre piani a piedi con la massima calma, e conto fino a tre prima di entrare. Al tre, però, mi soffermo a guardare la porta dirimpetto alla nostra, quella del vicino recluso con la sua ex.

Non conosco il suo nome, così decido di sbirciare l'etichetta del campanello. Mi avvicino per leggere: Baraldi-Caselli. Niente nomi, constato delusa.

Chissà se lui è Caselli o Baraldi?

Mentre sto lì a fissare il campanello dall'altra parte della porta sento dei passi, seguiti dal rumore dello scatto del cilindro blindato.

«Merda! Sta uscendo qualcuno!». Faccio un

balzo all'indietro, rientrando in casa con il cuore in gola.

Se fosse uscita la sua ex, avrei fatto la figura della cretina, se fosse uscito lui…

9
Alex

La guerra del giorno è stata Netflix. Gaia si è accorta che ho cambiato la password.

«E io adesso come faccio?!», protesta lei.

«Fatti l'abbonamento». I suoi piagnistei mi scivolano di dosso.

«Ma la mia carta prepagata è scaduta».

«La tua carta è scaduta mesi fa», le ricordo. «Potevi pensarci quando era il momento».

«Da quando sei diventato un sadico bastardo, eh, Alex?»

«Mmm, fammi pensare», dico fissando il soffitto come se attendessi l'illuminazione divina. «Ah, sì, dev'essere stato quando ho scoperto che ti fai piegare a portafoglio da un Giampaolo qualsiasi tra uno squat e l'altro».

In una situazione diversa, questo gesto avrebbe potuto essere un dispetto trascurabile e risolvibile nell'arco di mezza giornata, ma durante la quarantena, impedire l'accesso a Netflix, in una scala delle ostilità, è paragonabile all'invasione della Polonia.

Fortuna che mi salva in corner una telefonata di mia madre, che prendo sul balcone perché Gaia, per non darmi tregua, ha sparato la musica che usa per allenarsi allo stesso volume del *Queen Live* allo stadio di Wembley.

Credo che le telefonate tra genitori e figli a distanza, in questo periodo, si assomiglino tutte. Ci si chiede cosa si è fatto durante la giornata, eppure anche se sappiamo già che la risposta da ambo le parti è: "Niente di che", non riusciamo a non domandarlo. Arrivati al "Come stai?" si abbozza un timido: "Per ora bene", cosa non più tanto scontata. Segue il bollettino con l'aggiornamento degli amici e dei parenti: lo sai che il figlio della cugina del cognato di papà è stato ricoverato? Il fratello del marito della nostra vicina ha la febbre. Ti ricordi, Giovanni, il tuo compagno delle elementari? Fa l'infermiere al Policlinico, speriamo che non si ammali. Si tiene monitorato il cerchio delle conoscenze e delle parentele per capire se e quanto l'epidemia ci toccherà da vicino, facendo gli scongiuri, in quel misto di prudenza e di "Speriamo che non succeda a noi" che, anche se egoistico, fa parte dell'istinto di sopravvivenza. Seguono le raccomandazioni della mamma a non uscire perché «Dove vivi te è pericoloso», corredato dall'immancabile: «Mangi abbastanza?». Io rispondo con la contro raccomandazione: «Papà riesce a stare in casa?», sapendo già che senza la possibilità di farsi il suo giro mattutino al bar dove incontra gli amici di una vita, poi al forno facendo tappa a casa di ciascuno dei suoi fratelli, starà impazzendo.

Ovviamente non ho detto nulla di me e Gaia, perché loro sarebbero i primi a dirmi di tornare a casa, e non è una guerra che ho voglia di combattere, non adesso.

Ci salutiamo con i «Riguardati» e «Sii prudente» di rito e la promessa di sentirci l'indomani.

E quando riattacco, la vedo, sul suo balcone.

Un sorriso tanto improvviso quanto spontaneo mi tende le labbra.

«Buonasera», la saluto.

«Ehi, ciao», mi risponde lei. «Ah, no, dimenticavo. Non ci parlo con te. Non fino a quando non mi ridarai le mie...».

«Le tue mutandine di pizzo? Scordatele. Sono un ostaggio».

«Ora il mio completo è spaiato», ribatte piantandosi le mani sui fianchi.

«Motivo in più per tirarmi anche il reggiseno».

«Sei molto impertinente, lo sai?»

«Lo so», ammetto.

«Oggi niente sigaretta?»

«Te l'ho detto, ho smesso. Quella dell'altro giorno è stata solo una botta e via, non ha significato nulla. Tu, oggi niente bucato?»

«Ho imparato che è meglio stenderlo in casa».

«Comunque, dopo quattro giorni non ci siamo ancora buttati di sotto, non ce la stiamo cavando così male!», dico.

«Ogni giorno è una sfida. La vedi quella?», dice indicandomi la porta finestra alle sue spalle. «È la camera che divido con mia sorella».

«E questa, la senti?», ribatto io accennando alla musica che, sebbene attutita dal doppio vetro, proviene chiara e distinta dal salotto. «È la mia ex che si allena».

«Solo oggi mi rendo conto di quanto siano sottovalutati i terrazzi. Credo che una volta finita la quarantena il prezzo al metro quadro di logge, balconi e aggetti vari farà schizzare alle stelle il costo degli immobili dotati di spazi aperti».

«Un autentico salvavita».

«Per non parlare della spazzatura», dice lei sollevando due sacchi per mano.

«Ehi», le dico, ricordandomi che devo buttare la spazzatura. Mi è appena venuta un'idea. «Che ne dici se andiamo a buttarla insieme?»

«Però a un metro di distanza».

«A un metro di distanza».

«Facciamo nell'androne tra cinque minuti?»

«Perfetto».

«Affare fatto».

10
Didi

Lo so che è ridicolo agitarsi per andare a buttare l'immondizia.

Eppure mi ritrovo davanti allo specchio a spazzolarmi i capelli e ritoccare il mascara.

Prendo i sacchi che avevo appoggiato nell'ingresso ed esco.

«Didi, ma dove vai?», mi domanda la mamma.

«A farmi uno spritz ai Navigli», rispondo come se non fosse evidente. «Dove vuoi che vada? A gettare la spazzatura, no?»

«Ma sta per iniziare il discorso del premier. Tra cinque minuti c'è la conferenza stampa».

«Che ritrasmetteranno in loop su tutte le reti fino a dopodomani».

«Certo che però è proprio un bell'uomo. Fine, elegante, educato…».

Mi chiudo la porta alle spalle, scuotendo la testa al pensiero che anche mia madre sia diventata una fan del primo ministro, e tremo già all'idea che inizi a condividere su Facebook sue foto contornate da stelline e con la scritta "Il premier del nostro cuore".

Quando sento lo scatto del portone nell'androne, avverto una capriola nello stomaco. È ridicolo, mi ripeto, però è così strano.

Inspiro, espiro ed esco anche io. Appena scese le scale trovo il mio vicino accanto alla fila dei bidoni, con i suoi sacchi per terra.

«Allora non sei un mezzo busto! Esisti anche dalla vita in giù!», esclama girandosi verso di me.

«Altrimenti come farei a indossare gli slip La Perla?»

«E io che li ho tenuti perché pensavo che non ti servissero! A proposito: buono il profumo ai frutti tropicali».

«Le hai annusate?!», lo accuso sconvolta, con le guance che vanno a fuoco.

«Tua madre usa veramente *molto* ammorbidente».

«Ehm... Forse è il caso che facciamo quello per cui siamo scesi», dico accennando ai bidoni.

Lui si scosta di lato con un mezzo inchino. «Prima le signore. Lascia che ti tenga aperti i bidoni».

«Grazie».

«È un piacere... Scusa, è imbarazzante chiedertelo adesso, ma non so ancora come ti chiami».

«Didi», dico svuotando i vetri nel cassone. «Sì,

be'… sarebbe Daiana, ma tutti mi chiamano Didi».

«Daiana?», domanda lui alzando un sopracciglio. «Cioè Diana, ma pronunciato Daiana?»

«No. Proprio Daiana, scritto D-A-I-A-N-A», spiego. «Mia madre è una fan di gossip reali».

«Ah, D*ai*ana come Lady Diana. Pronunciato Daiana».

«Sì, non sto neanche a dirti le prese in giro a scuola. Faccio parte di quella generazione di figli i cui genitori volevano a tutti i costi un nome straniero».

«In questo caso siamo uno pari», dice indicandosi. «Alex. Non il diminutivo di Alessandro o Alessio. Alex e basta».

«Ti prego, dimmi che si scrive Alecs con CS!».

«No, almeno quello è giusto. Alex con la X».

«Quella a cui è andata meglio è mia sorella Camilla. Nessuna pronuncia strana, nessuna lettera straniera, nessuna storpiatura».

«Daiana e Camilla, eh?»

«Te l'ho detto, mia madre è una fan dei reali».

«Quattro giorni dopo, sappiamo i nostri nomi». Lui mi tende la mano, ma la ritira subito. «Scusa, l'abitudine».

«Niente stretta di mano fino a nuovo decreto. Però posso restituirti il favore tenendoti aperti i bidoni».

«Volentieri».

«Quindi tu sei Alex Baraldi o Alex Caselli?»

«Baraldi. Caselli è la mia ex. Ma come fai a saperlo?»

«Ammetto di aver sbirciato il vostro campanello».

«Che spero presto sarà solo suo».

«Stai già cercando una casa nuova?», domando con quella che è più di una pura curiosità. Dovrebbe essermi indifferente, ma provo un crudele nonché egoistico compiacimento nel fatto che la quarantena lo obblighi a non trasferirsi.

«Mi sto guardando intorno. Ma non so ancora né dove né quando. Tu ti stai già organizzando per tornare a Berlino?»

«In teoria sì, in pratica…». Ma la mia frase mi muore sulle labbra quando noto cosa Alex sta vuotando nel bidone dell'indifferenziato: una catasta di contenitori di plastica del take-away. «Non posso crederci!», esclamo. «Sei tu!».

Lui mi guarda con aria interrogativa. «Io, chi?»

«L'indifferenziatore folle! Sei tu!».

«Non capisco di cosa parli».

«Parlo di questo!», dico indicando le scatole che dovevano contenere tacos e burrito. «Sei tu che butti sempre i contenitori di plastica usa e getta nell'indifferenziato!».

Alex scrolla le spalle, impermeabile al mio rimprovero. «Quindi?!».

«Quindi, non sai leggere?», domando indicando il foglio che ho appeso al muro e quello che ho appiccicato sul coperchio del bidone.

«Ah!», esclama. «Allora sei tu la stalker dei pattumi!».

«Non sono una stalker!», ribatto.

«I casi sono due: o sei una stalker o una dipendente del Comune. Che non lavori per il Comune già lo so, quindi il cerchio si restringe».

«La plastica va nella plastica, non mi sembra così difficile. Spiegami cosa ti sfugge di questo concetto elementare».

«Questa plastica è sporca, è unta», risponde lui in tono ovvio. «È lo stesso discorso che vale per la carta: carta pulita, bidone del riciclo, carta sporca, indifferenziato».

«Con la sola differenza che la plastica basta lavarla», gli faccio notare.

«Certo, e per lavare la plastica sporca consumiamo acqua e inquiniamo con il sapone. Mi sembra perfettamente logico».

«Non c'è bisogno del sapone. E comunque, meglio usare un litro di acqua in più che incenerire tonnellate di plastica non smaltita. Hai idea di quante tonnellate di diossina e idrocarburi policiclici spareremmo nell'aria se tutta Milano buttasse i contenitori del take-away nell'indifferenziato? Un po' di coscienza ecologica non ce l'hai?!». Stavolta alzo la voce al punto che rimbomba nelle pareti dell'androne.

«Non mi dire che sei una di quelle fanatiche ambientaliste integraliste che abbraccia gli alberi? Perché è facile fare la predica a me per due vassoi di sushi. Perché non vai a vedere come smaltiscono i rifiuti in India? Credi che le scatole della mia cena possano fare la differenza, quando quattro miliardi e mezzo di persone inquinano indistintamente un continente intero?»

«Qualcuno però deve iniziare, no? Vuoi sapere in cosa credo? Eccoti servito: credo che un piccolo gesto fatto da tante persone possa cambiare le cose. Non subito, non nell'immediato, ma le cambieranno e io voglio fare la mia parte».

«Brava, fai la tua. Non venire a fare la predica a me. Io verso il cinque per mille al WWF!».

«Oh, e con questo ti senti la coscienza a posto?», lo accuso.

«Abbastanza, sì».

«Scusatemi», c'interrompe la signora Brambilla del primo piano. «Potreste parlare a bassa voce che non riusciamo a sentire la televisione?»

«Mi dispiace», le dico. «Non c'è problema. Noi abbiamo finito di parlare in generale».

«Sul serio?», mi domanda lui stupito come se non avessimo appena avuto uno scontro frontale. «Te la prendi per così poco?»

«Il tuo "così poco" sono i miei princìpi», gli rinfaccio. «Quindi, sai che ti dico? Buona vita, Alex con la X». Gli do il ben servito e infilo il portone delle scale a passo spedito. «Ah, e rivoglio indietro le mie mutande».

11
Alex

Sticazzi. Mi mancava solo la cugina di Greta Thunberg a farmi la predica.

È riuscita a farmi passare per un terrorista ambientale per due scatole di sushi.

Voglio bene agli alberi e agli animali. Sono cresciuto in montagna, se non ci tengo io alla flora e alla fauna! Sono praticamente Heidi, solo che a me le caprette non fanno ciao (ma cosa le metteva il nonno nella merenda? Anfetamine?).

Prendo i mezzi o la bici per spostarmi ogni volta che mi è possibile, faccio la spesa con i sacchetti riutilizzabili – retaggio ereditato dalla nonna che girava sempre con i sacchetti di tela ripiegati nella borsetta – e grazie al mio lavoro che spesso mi porta in luoghi privi di qualsiasi attività di ristorazione (cercate voi un bar in mezzo alla Foresta Amazzonica o sull'Annapurna) ho acquisito l'abitudine di portarmi sempre dietro la borraccia.

Non sto cercando un alibi, ma non mi sento il mostro che dipinge Daiana.

«Sticazzi», ripeto ad alta voce.

Stanotte è stata l'ennesima notte da dimenticare, per due motivi: ero ancora arrabbiato per il battibecco con Daiana, perché mi sembra la classica tempesta nel bicchier d'acqua, e me la sono presa con me stesso per il fatto di essere arrabbiato per una che conosco a malapena.

Il secondo motivo è che Gaia ha fatto sesso telefonico con il suo Giampaolo e io ho sentito. Tutto.

«Me ne vado», annuncio con il trolley alla mano e lo zaino con tutto il mio apparato tecnico-fotografico.

«Questa sì che è una bella notizia», è il commento di Gaia impegnata a scattarsi un selfie mentre finge di leggere un libro di poesia. «Dunque, vediamo, metto #cultura, #mensana #corporesano…».

«Lascio qui il resto delle mie cose finché non ho trovato un altro posto dove trasferirmi. A fine quarantena le vengo a prendere».

Mi chiudo la porta alle spalle con un tonfo e per un momento lo sguardo migra su quella dall'altra parte del pianerottolo.

Mi prendo un secondo per convincermi che no, non c'è nessun motivo per salutare Daiana. Non è una cosa assolutamente necessaria. Perché dovrei salutare una persona che conosco appena e che non vedrò mai più?

Non senza un incomprensibile senso di colpa che mi batte sordo nel petto, scendo ed esco.

A un quarto d'ora a piedi da qui c'è casa di Dario, della quale ho le chiavi di riserva nel caso lui se le perda o di emergenza improvvisa. E questa è senza ombra di dubbio un'emergenza. C'è un limite al disagio che un essere umano può sopportare e io sento di averlo superato.

La strada è surreale, si sentono solo i miei passi e il rollio delle ruotine del trolley sul marciapiede.

Fa un po' specie vedere le serrande abbassate o non incrociare nessun turista che ti ferma per chiederti da che parte si va per piazza Duomo.

Mi ricordo ancora quando mi sono trasferito a Milano sei anni fa per continuare la laurea specialistica al Politecnico e mi sembrava di essere stato travolto da un treno in corsa. Fin da subito ho avuto la sensazione che in questa città non si potesse mai stare fermi, perfino i due minuti di semaforo rosso andavano utilizzati per fare qualcosa.

Anche il caffè del mattino al bar per il milanese DOC non è qualcosa da godersi: lo vedi già con l'euro in mano prima ancora che il barista abbia poggiato la tazzina sulla macchina. E se ci mette troppo, picchietta la monetina sul bancone per mettergli fretta.

Sul cesso non legge il giornale ma le email.

E pulisce casa prima che venga la donna delle pulizie così non fa brutta figura.

Non dimenticherò mai la prima volta che ho preso la metro: ero fermo sul mio gradino della scala mobile in salita e uno mi ha superato apostrofandomi con: «Ué, bell'addormentato, *desciüeles*», perché a Milano, sulle scale mobili non si sta fermi, si sale o si scende, per andare ancora più veloci.

E adesso, vedere la città cristallizzata come in una cartolina anni Novanta è surreale.

«Scusi, dove sta andando, lei?». Una voce buca il silenzio e, poiché la strada è deserta, non ho dubbi che la frase sia rivolta a me.

Mi giro e dalla trasversale alla mia destra vedo due vigili appostati davanti alla volante.

«Io?», chiedo come se ci fosse possibilità di equivoco.

«Sì, lei con la valigia», dice il primo, quello alto.

«Sto raggiungendo casa di un mio amico qui vicino, ci metto due minuti…».

«I motivi turistici non rientrano tra le urgenze», m'interrompe l'altro.

«Non sono un turista».

«Allora, per lavoro?», domanda Alto.

«Sì, io sono proprio residente a Milano», spiego.

«Senta, poche storie, ci mostri la sua autocertificazione», mi ordina Basso.

Io pesco il foglio dallo zaino e lo porgo ai vigili. «Ecco».

Loro lo osservano con la fronte aggrottata. «Questa non va bene», dice Alto.

«Come, non va bene? È l'autocertificazione che ho scaricato dal sito del ministero».

«Questa è vecchia», spiega Basso.

«Vecchia? L'ho stampata ieri sera!».

«È cambiata stamattina. Per uscire serve l'autocertificazione compilata sul nuovo modello».

«Ok, però scriverei comunque le stesse cose».

«Necessità di trasferimento?», legge Basso sulla riga "Motivazione dell'uscita". «Perché?»

«È una storia lunga», taglio corto senza entrare nei particolari. «Diciamo che in casa la situazione è difficile».

«Il cambio di alloggio è ammissibile solo nel caso in cui debba assistere un anziano o una persona non autosufficiente».

«Mi creda, agente, nella mia situazione anche lei vorrebbe cambiare alloggio», provo a convincere Alto.

«Che situazione? Sia più esplicito signor… signor Baraldi», insiste Basso.

«È abbastanza personale».

«Senta, siamo in emergenza sanitaria, non so se lei se n'è accorto. I suoi problemi personali sono irrilevanti ai fini della pubblica sicurezza. O si spiega qui con noi, ora, o lo spiegherà in Questura».

Come, in Questura? «No, davvero, non c'è bisogno».

Alto sbuffa spazientito. «Perché necessita di trasferimento?»

«Perché», cedo esasperato, «sono chiuso in casa con la ragazza che mi tradisce da tre mesi con il personal trainer di un tronista di *Uomini e Donne*».

Alto e Basso guardano me e poi si guardano tra loro, trattenendo a stento una risata.

«Lo sa, vero, che circolare senza una motivazione valida è reato di epidemia colposa?», mi informa Alto.

«Non sono un criminale, lo giuro. Sono solo un uomo sfinito».

«Guardi», mi dice Basso piazzandomi una manata sulla spalla, «anche io sono un uomo sfinito. Mia moglie mi fa denudare sul pianerottolo la sera quando rientro, mi fa disinfettare e sanitizzare anche la pistola. Se si potesse, anche io scapperei, ma non è possibile. Purtroppo dobbiamo procedere con un verbale».

«No, per favore, il verbale no». Mi manca solo il verbale.

«È la prassi: le uscite che non sono comprese tra motivi sanitari, di approvvigionamento e urgenze indifferibili sono comminate con la congrua sanzione».

«Sanzione?! No, sul serio, possiamo… possiamo trovare un accordo!», esclamo per salvarmi in corner. «Mascherine! Ho delle mascherine con filtro da quando ho verniciato la bici a settembre. Voi non le avete e con il lavoro che fate è molto pericoloso non essere protetti. In giro non si trovano più, posso darvi le mie. Se volete sono vostre, io vado dove devo andare e nessuno saprà nulla. Mi sembra uno scambio equo, no?»

«Pasini», dice Basso ad Alto. «Aggiungi a verbale anche tentata corruzione di pubblico ufficiale».

«Non voglio corrompere nessuno!», mi difendo. «Ho molto rispetto per le forze dell'ordine».

«Salga!», mi ordina Pasini indicandomi la portiera dell'auto.

«Per favore, non andiamo in Questura. Mio padre era carabiniere, se viene a saperlo mi disereda!».

«Io e l'agente Masetti la riconduciamo al suo domicilio», mi annuncia lui.

Cosa?! No, da Gaia no! «Va bene la Questura». Anche una prigione non mi sembra all'improvviso più così male.

«Andiamo, Baraldi. I nostri nonni hanno dormito sul ghiaccio in Albania, lei può resistere un mese in casa con la sua ex. Non può essere più pericolosa di un soldato dell'esercito sovietico armato fino ai denti». L'agente Basso, ossia Masetti, mi schiaffa la contravvenzione in mano. «Sopravvivrà. Lo faccia per l'Italia».

Mi faccio scortare fino a casa con lo stesso entusiasmo di un condannato, ma quando scendo dall'auto nessuno è preparato alla scena che ci troviamo davanti.

Gaia dal balcone sta lanciando i miei vestiti giù

in strada. «Stronzo! Bastardo! Vaffanculoooo!», urla.

«Lei abita qui?», mi domanda Masetti.

«Sì. Proprio in quell'appartamento», dico.

«Allora, quella è la sua ex?», chiede Pasini.

«Proprio lei».

Quando Gaia mi vede, il suo sfogo si fa ancora più acceso. «Figlio di puttana, me la pagherai!».

«Gaia, ma cosa cazzo stai facendo?! Sei impazzita?», dico raccogliendo le mie cose dal marciapiede.

«Tu! Tu cosa hai fatto?!», ringhia lei inferocita. Sparisce per poi riemergere sventolando un pezzo di stoffa rosa per aria. «Di chi sono queste, eh? Chi è la zoccola con cui ti vedi? Le ho trovate nel divano, perciò vuol dire che sono qui da prima dell'isolamento. Traditore bastardo!».

«Scusi, Baraldi», s'intromette Masetti. «Ma non era lei ad averla tradita con il personale trainer?»

«Sì, infatti, è così».

«E le mutande, allora, di chi sono?»

«Della mia vicina», dico mentre osservo la scena incredulo.

«Ma allora anche lei tradisce la sua ex con la vicina?»

«No. Quelle mutande me le ha date lei».

Pasini e Masetti mi guardano senza capire. «Perché?».

E prima che io possa rispondere, Gaia tira le

mutandine di pizzo La Perla, che mi atterrano sulla testa. «In realtà stava stendendo il bucato e un colpo di vento le ha fatte volare sul mio terrazzo, e le ho tenute».

«Allora lei è un molestatore?», insinua Masetti.

«No, ma che molestie! Era un gioco, uno scherzo. Lei lo sa».

«Ma è carina la sua vicina?», è la curiosità che preme a Pasini.

«Sì», rispondo senza pensare.

«Sì?»

«No», mi correggo.

«È carina sì o no?», ripetono i due agenti in coro. Ma guarda tu che situazione.

«Sì, è carina, ma no, tra noi non c'è nulla». Un tonfo da infarto ci fa fare un salto indietro. Gaia ha lanciato dal terrazzo la mia moka. «Forse è meglio se ci spostiamo, è passata agli oggetti pesanti. Il prossimo potrebbe essere il cactus».

«Cactus?». Masetti ora sembra seriamente preoccupato.

«Siete ancora dell'idea che la mia ex sia meno pericolosa di un soldato sovietico?»

«No», concordano loro.

«Senta, facciamo così», mi dice Pasini con aria comprensiva, togliendomi la multa di mano. «Questa la stracciamo. Lei però ora torna su in casa e non esce a meno di un'emergenza medica. E a giudicare dal carattere della sua ex speriamo non abbia bisogno del 118».

«Tenga duro, Baraldi», m'incoraggia Masetti con una rassicurante pacca sulla schiena. «Dobbiamo fare tutti dei sacrifici, purtroppo. Ma nel caso se la vedesse brutta, mi faccia uno squillo. Anche solo per parlare». Mi allunga un bigliettino con il suo numero di telefono.

«Grazie», rispondo arreso. «Ehi. Prendete queste», dico allungando loro le mascherine, prima di varcare il portone. «Ne avete bisogno».

Mentre salgo le scale sconsolato, da uno degli appartamenti sento cantare: «*In un mondo di John e di Paul io sono Ringo Starr*», e penso che non potrebbe esserci una canzone più adatta a me in questo momento.

Anche se, a dirla tutta, non ho mai capito perché Ringo Starr sia considerato il membro più sfigato dei Beatles: è entrato nella band più famosa della storia della musica per il rotto della cuffia; è ancora vivo, cosa che non si può dire di George e John; non deve mantenere un carrozzone di ex mogli, figli e nipoti come Paul e si è pure sposato Barbara Bach... proprio male non gli è andata.

In questo momento ci metterei la firma a essere Ringo Starr e non Alex Baraldi.

12
Didi

Sono una brutta persona se, quando i vigili hanno scortato Alex di peso a casa, ho pensato che gli stesse bene?

Insomma, se non differenzi la plastica in modo adeguato, come minimo ti meriti di dividere la casa con una ex, per di più pazza.

Ho visto la scena barricata dietro le tende, sbirciando dallo spiraglio perché nessuno mi vedesse. Sembra che siano state le mie mutande a scatenare il dramma, tutto da ridere.

Un po' meno quando è volata la moka, lì mi sono preoccupata un po'. È comunque stato un diversivo dalla monotonia casalinga alla quale non ero più abituata. Una settimana mi è già bastata.

Oggi la mamma ha deciso di darsi allo svuotamento di cassetti e armadi, quindi io sono stata reclutata tra le fila degli smistatori.

«Inizia con gli scatoloni che sono impilati sull'armadio in camera del nonno», mi ordina.

«Intendi la *mia* camera», la correggo.

«Questa casa sta diventando un magazzino, via tutto quello che non serve o non si usa da più di due anni».

«Considerando che non abito più qui da cinque, secondo il tuo criterio dovrei buttare tutto».

Le mie obiezioni però sono state ignorate e ora sono seduta per terra nella mia ex camera, che odora di caramelle all'orzo e pasta adesiva per dentiera, circondata da pile di scatole.

Set di asciugamani spaiati: dare in beneficenza.

Completi di lenzuola per culle: passare a parenti con figli piccoli.

Kit di bigodini in plastica: mercatino dell'usato.

Loden con spalline e passamaneria tirolese: vendere su sito di abbigliamento vintage.

Il vecchio computer fisso con schermo a tubo catodico tenuto perché "Non si sa mai": smaltire nei RAEE all'isola ecologica.

Accantono uno dopo l'altro gli scatoloni divisi per destinazione, resistendo all'attacco di starnuti che mi ha causato la polvere.

Non sono neanche a metà, ma sono decisa più che mai a fare piazza pulita.

Taglio lo scotch dell'ennesimo cartone, lo apro e a colpo d'occhio ci vedo solo delle cianfrusaglie sparse, così faccio per richiuderlo senza neanche svuotarlo, quando una sfumatura rosa shocking sul fondo attira la mia attenzione.

Scavo e recupero l'oggetto che si rivela essere... il mio diario della terza media!

Tolgo l'elastico, ormai rigido, che serviva a tenerlo chiuso e lui esplode in tutta la sua magnificenza adolescenziale.

Quante cose che ci infilavo dentro. Mi ricordo che a giugno era così gonfio che non si chiudeva più.

Prendo a sfogliarlo avanti e indietro quasi non riconoscendo la mia grafia. Ma davvero scrivevo così?

Mi ricordo che la scelta del diario giusto era qualcosa che poteva cambiarti la vita. L'assioma "Tu sei il tuo diario" imponeva che questo rispecchiasse noi stessi al cento per cento. A settembre, la giornata dell'acquisto del diario era un evento, e io e le mie amiche passavamo ore in cartoleria per trovare quello giusto.

C'erano due scuole di pensiero: chi voleva uniformarsi alla massa e comprava la Smemoranda perché era il diario dei grandi, e quelli che invece volevano distinguersi e comprare un diario che non aveva nessun altro. Io ho attraversato orgogliosamente entrambe le fasi.

Mi soffermo a studiare l'orario delle lezioni, i biglietti del cinema ormai sbiaditi incollati nelle pagine delle domeniche, scritte TVTTB e TV1KDB glitterate con i brillantini che mi restano attaccati alle dita, lasciate dalle varie Ely, Giuly, Vany, Susy e tutte le compagne con soprannomi che finivano rigorosamente con la Y.

Avevo appiccicato anche le fototessere che io e le mie amiche ci facevamo nelle macchinette automatiche – schiacciate in sei nella cabina – e che venivano sempre male: una con gli occhi chiusi, poi con i capelli davanti, a bocca aperta con l'apparecchio in vista...

Ai compiti, appuntati al volo, si alternano stralci di testi di canzoni che mi ossessionavano in quel periodo, i voti delle verifiche e delle interrogazioni con tanto di faccina felice o triste a seconda dell'esito e il nome della mia cotta del momento scritto in codice. Vediamo se mi ricordo chi è questo che mi piaceva a febbraio... Davide. No, Daniele! Daniele Bertoli della terza C. Accidenti, che sbandata che avevo preso per Daniele. Passavo le ricreazioni intere in attesa di vederlo passare in corridoio.

Chissà che fine ha fatto. Quasi quasi lo cerco su Facebook.

Metto da parte il diario e prendo il cellulare per togliermi la curiosità. Ce ne sono tre, uno di Lambrate, uno di Verona e uno di Milano. No, non può essere l'ultimo. Clicco sul suo profilo e sì, la voce scuola media dice: "Istituto Italo Calvino". Non è possibile! È invecchiato così male? Ma era uno splendore a tredici anni!

Chiudo Facebook e riprendo il diario. «Lo so che ci stavi male a non essere ricambiata, Didi, ma fidati, non hai perso nulla», dico alla me stessa del passato.

A ripensarci, il diario di scuola era una specie di Facebook in cui scrivevamo cosa facevamo, dove andavamo, documentavamo le nostre giornate senza saperlo, ci lasciavamo dediche a vicenda e incollavamo i selfie prima ancora che si chiamassero selfie.

Lo richiudo e lo metto da parte. Non lo butterò, a costo di riportarlo con me a Berlino.

Continuo a scavare nello scatolone, riesumando un altro ricordo che pensavo di aver buttato: le riviste da teenager che compravo con la paghetta e che erano la Bibbia dello stile, del gossip, nonché dell'educazione sessuale della mia pubertà.

Le sfoglio rapida puntando alla mia rubrica preferita, il pezzo forte, quella che leggevamo di sgamo nel cambio d'ora e ci passavamo sottobanco: *Cara dottoressa.*

"Cara dottoressa, ho dodici anni, faccio tennis e sono alta un metro e cinquantaquattro. Quando mi verrà il ciclo? Scorpincina12".

L'ingenuità della domanda mi smuove una tenerezza tale che vorrei avere Scorpioncina12 davanti per abbracciarla e dirle: non avere fretta, una volta arrivato il ciclo te lo terrai per quarant'anni e lo maledirai ogni volta.

"Cara dottoressa, è vero che per far crescere il seno bisogna mangiare molti funghi? Grazie, Anonima93".

«Sì, ma allucinogeni, Anonima93», le rispondo.

"Cara dottoressa. Lui mi ha baciata, sono incinta? Laura".

Per quanto possa sembrare stupida questa domanda, la risposta della dottoressa era stata illuminante per tutte noi. Sì, c'erano voci di corridoio che smentivano questa teoria, ma nulla di credibile. La dottoressa, invece, era la legge, unica fonte di verità riconosciuta e tutte abbiamo tirato un enorme sospiro di sollievo.

"Cara dottoressa, bisogna arrivare vergini al matrimonio? Ylenia15".

Ylenia, tesoro, prima di comprare bisogna sempre provare l'articolo.

Certo che la dottoressa doveva averne di pazienza per non rispondere a queste domande come sto facendo io. Quante risate che si sarà fatta! Chissà se si rende conto dell'importanza sociale che ha avuto.

Nello scatolone ritrovo anche la mia collezione di profumi Bon Bons, dolcissimi, al limite dello stucchevole, nelle fragranze ciliegia, fragola, pesca e zucchero filato. Io e le mie amiche ce ne cospargevamo al punto di lasciarne una stomachevole scia al nostro passaggio.

C'è anche la T-shirt del concerto di Britney Spears, il primo della mia vita: per convincere i miei a farmi andare ho dovuto prendere otto in latino.

E l'annuario della quarta liceo, con la pagina consumata della quinta F dove c'era l'amore della mia vita, Federico Martini. Non mi ha mai parlato, non credo nemmeno sapesse della mia esistenza fino alla festa di Natale della scuola, quando lui e il suo gruppo si sono uniti a me e alle mie amiche e io ho pensato che fosse arrivato il mio momento, la svolta definitiva.

A un certo punto, Federico mi si è avvicinato e mentre già io ci vedevo insieme mano nella mano nei corridoi della scuola lui mi fa: «Posso presentarti mio cugino? Ti trova molto carina».

In una scala da uno a Giacomo Leopardi, non ci sono parole per descrivere il dramma interiore che mi ha dilaniata.

Mi sfugge un sospiro automatico a guardare il suo viso, nella foto di classe, e mi ritrovo a pensare che Alex un po' gli assomiglia.

Saranno le fossette.

O lo sguardo sveglio.

C'è qualcosa nel sorriso, forse...

Cosa vado a pensare?! Chiudo l'annuario con uno scatto e lo rimetto nello scatolone. Lo avvolgo con dieci giri di scotch e con il pennarello indelebile scrivo: "Didi. Non buttare MAI" e lo rimetto sull'ultimo ripiano dell'armadio.

Questa è ancora la mia camera.

Mentre spingo i cartoni con la roba da smaltire verso la porta d'ingresso lancio un'occhiata al balcone, domandandomi cosa stia facendo Alex ora...

13
Alex

Io e Gaia siamo passati dalla trincea alla guerra fredda. Ci evitiamo, ma ogni gesto è guardato con sospetto, ogni parola nasconde una provocazione e sembra che entrambi siamo in cerca di un pretesto per ordinare l'attacco.

Il livello di tensione è lo stesso della Crisi di ottobre del '62, quando Cuba, alleata con l'Unione Sovietica, puntò i missili balistici russi verso gli USA.

La storia racconta che mai come allora si andò vicini a una guerra nucleare e posso dire che, al momento, sia io sia Gaia è come se avessimo entrambi un dito sul pulsante di lancio.

Non mi sono dato neanche la pena di spiegarle che non l'ho tradita, perché non me ne frega più niente.

Sempre piazzato sul pavimento della camera da letto provo a distrarmi con il lavoro, ma la mia soglia di concentrazione è più che bassa. Mi basta un nulla per distrarmi.

Il nulla è la finestra. Lancio occhiate furtive per captare ogni movimento proveniente dal terrazzo di Daiana, nell'inspiegabile attesa di vederla uscire.

Una volta è il padre, al telefono.

La volta successiva la madre che innaffia le piante.

La terza è la sorella, che si scatta un selfie.

La quarta, alzo la testa a malapena, certo che si tratti del nonno, ma con la coda dell'occhio vedo *lei*. Senza neanche pensarci, reagisco all'istinto di uscire, solo che nei pochi secondi che mi servono per togliermi le cuffie e appoggiare il PC lei è già rientrata.

Non so nemmeno cosa volessi dirle, ma volevo uscire.

Riprendo il computer, ma anziché tornare al mio lavoro, apro il browser e digito "Daiana Farinelli" nella barra di ricerca.

Il primo risultato è la pagina Facebook, della quale vedo solo la foto profilo e di copertina. C'è lei, in uno scatto fatto da un'amica (spero sia un'amica) in un bar, con una birra, e ha i baffi di schiuma sul labbro. Automaticamente mi ritrovo a passarmi la lingua sulle mie.

Aveva i capelli più lunghi e gli occhiali da sole tirati sulla fronte. Ingrandisco l'immagine il più possibile per vedere nel riflesso delle lenti chi le ha scattato la foto, pregando che non sia un uomo.

Ma perché dovrei pregare che non sia un uomo?! Cosa me ne importa?

Chiudo Facebook per riprendere la postproduzione del servizio che ho fatto in Croazia alle cascate di Plitvice ma, dopo neanche cinque minuti, sono di nuovo su Google, stavolta davanti alla sua pagina LinkedIn, questa con una foto molto più seria e professionale, il classico mezzobusto di tre quarti a braccia incrociate in toni neutri, occhiali da vista che fanno tanto "Puoi fidarti di me" e capelli raccolti. È un peccato, ha dei bellissimi capelli.

Liceo Da Vinci, indirizzo scientifico.

Laurea triennale con centodieci in Ingegneria dei materiali e delle nanotecnologie al... al Politecnico!

Ma se ha frequentato il Politecnico, allora potrei averla vista da qualche parte. È una supposizione stupida, perché il Politecnico ha mille sedi e a meno di fare lo stesso corso non è così facile incrociarsi, però mi ritrovo a sfogliare i miei ricordi in cerca di una sua immagine, seppur sfocata. Sono certo che se l'avessi vista almeno una volta, non me la sarei scordata.

Ah, ecco perché non l'ho mai vista: laurea specialistica alla TUM di Monaco di Baviera.

Quando leggo quella stringa di curriculum, uno strano fastidio mi punge nel petto al pensiero che, quando io sono arrivato a Milano, lei invece se ne fosse appena andata.

Se lo avessi fatto prima… Abbandono il pensiero a metà passando alla riga successiva: lavoro. Consulente commerciale per l'estero presso SmartWare da due anni. SmartWare, azienda che produce materiali intelligenti non inquinanti e facilmente smaltibili per sostituire le plastiche.

Ecco il perché di quel cazziatone che mi ha fatto l'altra sera! Ok, forse non aveva tutti i torti.

Anzi, quando alla sera scendo a gettare la spazzatura, mi ritrovo a buttare nel bidone della plastica i contenitori del take-away. Puliti.

E mentre faccio le scale per tornare in casa, mi viene un'idea.

14
Didi

Io e Camilla abbiamo raggiunto un accordo: lei può chattare fino a mezzanotte e mezza mentre io leggo, poi si dorme.

Non è contenta di avere un'ospite, ma neanche io sprizzo gioia da tutti i pori a dormire su una branda pieghevole, in dieci metri quadri con una diciottenne il cui ego, da solo, ne occupa nove.

Sono sempre la prima ad alzarmi, senza neanche che suoni la sveglia, ma stamattina c'è uno strano *tic-tic* che proviene da fuori e che mi ha destata.

Io ho il sonno leggero, mentre Camilla non la smuove neanche una cannonata.

Mi giro verso la finestra e noto che c'è uno strano aggeggio nero che svolazza a mezz'aria e picchietta contro il vetro.

Balzo dalla mia brandina, stranita e incuriosita, apro la finestra e... è un drone.

Non uno di quelli giocattolo, in plasticaccia e

con le eliche stanche. È un drone professionale, da cui pende un sacchettino di carta con un bigliettino.

Lo stacco e lo apro.

Qualcuno mi ha detto che un piccolo gesto può cambiare le cose. Chiedere scusa è un piccolo gesto, ma spero che serva a cambiare la pessima opinione che ti sei fatta di me. Sappi che ho iniziato a buttare le scatole del take-away (lavate) nel bidone della plastica.

Esco sul terrazzo e vedo Alex, sul suo, con il telecomando in mano, che mi sorride.

"A questo punto dovresti avermi perdonato, quindi che ne dici di fare colazione insieme?", dice il resto del biglietto. "Nel sacchetto c'è una brioche appena sfornata, arrivata con un Glovo. Non sei intollerante a latte, uova o farine varie, vero?".

«Non ho nessuna intolleranza», dico addentando la brioche ancora tiepida.

«Bene, perché sappi che, nel caso, ne ho ordinate anche una vegana, una integrale e una senza glutine», risponde. «Allora è un sì? Accetti le scuse?»

«Come si può non scusare una persona che ti manda la colazione con il drone?»

«Potevi essere una di quelli che la mattina non fa colazione».

«Hai davvero buttato i contenitori dell'asporto

nella plastica o lo hai scritto solo per impressionarmi?»

«Lo giuro. Puoi andare a controllare, se vuoi».

«Non credere che non lo farò», lo avverto.

«Lo spero proprio». Alex addenta la sua svedese alla crema. «Avrei voluto farti anche un caffè, ma non ho più la mia moka».

«Ho visto tutto», ammetto.

«Ah... tutta la scena? Tutta tutta?»

«Sì».

«Gaia è la regina delle scenate».

«La tua ex è Gaia l'influencer?», domando più per conferma che per sorpresa.

«Sì. Ti prego, non dirmi che la segui!».

«Chi, io? No. Però mia sorella la venera. La segue su tutti i suoi canali... Ma scusa, lei non è una guru del fitness, salute, mangiare bene eccetera? Perché tutto quel take-away? Non cucini? Non per farmi gli affari vostri, ma mi sembra strano».

«Ora che non stiamo insieme, ognuno mangia per i fatti suoi, ma la cucina non l'abbiamo mai usata. La sala è open space e a Gaia non piace l'odore di cibo cucinato per tutta la casa. Le poche cose salutari che prepara le usa solo per fare le foto, ma non le mangia».

«Scherzi?»

«Assolutamente no. Mette una scatoletta di germogli di soia nel piatto, li fotografa, poi divora la pasta al forno arrivata calda dalla gastronomia».

«Mia sorella ingurgita vagonate di germogli di soia perché lo vede fare a Gaia!».

«E magari ha pure comprato quella brodaglia di tè dimagrante che sponsorizza!», esclama lui.

«A litri».

«Dille che Gaia lo vuota nel lavandino».

«Non mi crederebbe mai», sospiro addentando l'ultimo boccone di brioche. «Stravede per lei, guai a chi le tocca il suo idolo».

«Bisogna salvarla».

«Almeno prima che si metta a lanciare moke dal terrazzo», dico. «A proposito, come farai adesso?»

«Non lo so, credo che andrò in crisi d'astinenza da caffeina».

«Forse posso aiutarti. Dammi un secondo». Volo in cucina, metto una capsula nella macchinetta e dopo che si è riempita la tazzina di espresso vellutato e fumante, esco e l'appoggio su un vassoio al centro del pianerottolo. Quando torno in balcone, Alex è ancora lì. «Vai ad aprire la porta di casa», gli dico.

«La porta?»

«Sì. Vai! Veloce».

Lui sparisce per poi ricomparire con la mia tazzina in mano. «Allora abbiamo fatto pace?»

«Abbiamo fatto pace», confermo.

«Senti, Daiana...».

«Didi», lo interrompo. «Chiamami Didi».

«Didi. Ma se invece di trovarci qui fuori per

caso o aspettare che esca uno dei due, ci dessimo appuntamento, tutti i giorni, alla stessa ora?»

«Hai appena detto che aspetti di vedermi uscire in terrazzo o sbaglio?», chiedo con un timido sorriso che mi allarga il cuore.

«Forse... Allora, che ne dici?», insiste. «Io e te, per parlare di tutto, di niente, o per guardare fuori in silenzio e basta».

"Appuntamento in terrazzo", ripeto tra me e me gustandomi la leggerezza di quelle tre parole. «Ci sto».

15
Alex

«Come mai hai un drone?», mi domanda Daiana dal suo terrazzo, mentre sorseggia del tè da una tazza appoggiata sul parapetto.

«Ci lavoro», rispondo. «Faccio il reporter per NatGeo e ci sono servizi, a volte, che richiedono l'uso del drone, soprattutto in quei luoghi in cui è difficile spostarsi. Tipo una foresta di mangrovie».

«Sei stato in una foresta di mangrovie? Davvero?»

«Sundarbans, in India, l'anno scorso. E me lo sono quasi perso. Però sono riuscito a fotografare una tigre del Bengala con i suoi cuccioli rintanata in mezzo agli alberi».

«Io le ho viste allo zoo di Berlino, ma non mi è piaciuto. Non mi piacciono in generale gli zoo, mi mettono tristezza».

«Non è normale che una tigre del Bengala stia a Berlino», aggiungo.

«O una giraffa in Val Brembana».

«Mi piacciono gli animali, ma non in gabbia e fuori dal loro habitat naturale».

«Be', se ci pensi la nostra condizione, adesso, è molto simile a quella di un animale allo zoo», mi fa notare. «Gli esseri viventi non sono fatti per l'immobilità. Guardaci, dopo poco più di una settimana di quarantena e per ragionevolissimi motivi sanitari, molta gente è già sull'orlo dell'esaurimento nervoso. Pensa come stanno un leone o una zebra, che normalmente percorrerebbero decine di chilometri al giorno nella savana, chiusi in serraglio perché gli abitanti della Brianza possano fotografarli la domenica pomeriggio».

«Con la sola differenza che se il leone non ne può più della sua ex può sbranarla. Ma hai ragione. Da questo punto di vista, il mio lavoro mi dà il privilegio di viaggiare molto e vedere cose che la maggior parte delle persone non vedrà mai in tutta la vita».

«Ti invidio un po'. Io sono sempre in ufficio-ufficio-ufficio tutto il giorno e tutti i giorni».

«È uno dei motivi per cui a un certo punto ho interrotto l'università e mi sono messo a fare altro», le racconto.

«Cosa studiavi?»

«Architettura. Dopo la triennale sono venuto a Milano a fare la specialistica».

«Allora, sei un fuorisede!», esclama.

«Già. Per la precisione vengo da un paesino dell'Appennino modenese di mille abitanti».

«Sei quello che mio padre chiamerebbe *giargiana*. Per lui, tutti quelli che vengono da fuori dalla circonvallazione sono dei giargiana. Lui è uno che Milano ce l'ha dentro».

«Io però porto in dote due eccellenze italiane: la Ferrari e Vasco. Scusa se è poco».

«E invece di lanciarti nel design di supercar sei venuto a Milano per diventare un archistar rampante in maglioncino girocollo nero ospite fisso del Fuorisalone?»

«Più o meno».

«E perché hai mollato?»

«Ho scoperto che non mi piacciono i maglioni girocollo», dico accennando alla mia camicia di jeans un po' stropicciata, con sotto la maglietta dei Ghostbusters.

«Neanche a me piacciono».

«In realtà era Gaia che spingeva per venire a Milano, così ho pensato di trasferirmi con lei».

«Ah, quindi stavate già insieme?»

«Dalla fine del liceo», confermo con aria grave. Oggi, il solo pensarci mi fa lampeggiare in testa la scritta TEMPO SPRECATO. «Non sono arrivato neanche alla sessione invernale che ho buttato il libretto degli esami. Mi ero messo a seguire un corso di estetica della fotografia e mi è tornata la voglia di prendere in mano la macchina fotografica».

«Ah, quindi fotografavi già!».

«Quando abiti in un borgo di montagna, la città più vicina si raggiunge in un'ora di tornanti e non hai ancora la patente, devi inventarti qualcosa da fare. Io avevo a disposizione montagne, ruscelli, arrampicate, boschi e vallate, e così, a dieci anni, ho cominciato ad andare in giro con la Kodak a rullino dei miei e a scattare tutto ciò che vedevo. Pensa che mi sono fatto una camera oscura in cantina e sviluppavo le pellicole da solo. Alle superiori ho scelto l'indirizzo artistico perché sapevo che c'era anche il corso di fotografia, ma presto mi sono reso conto che era anche il liceo con più ragazze in assoluto e… diciamo che la fotografia è stata presto sorpassata da un altro interesse», ammetto colpevole, grattandomi la testa.

«Non serve che tu dica altro. Hai dongiovanni scritto in faccia».

«Giuro che sono sempre stato una persona per bene».

«Disse quello che ha ancora le mie mutande».

«Ma parliamo di te, ingegnere dei materiali e delle nanotecnologie con una predilezione per l'intimo di pizzo».

«Le cose non sono assolutamente correlate», mi rimbecca lei irrigidita.

«A me piace questa tua doppia anima: seria scienziata di giorno e seduttrice fatale di notte».

«Ma che ne sai di cosa faccio io di notte?»

«Infatti non lo so, ma immagino», la prendo in giro.

«Non hai il permesso di immaginare un bel niente. Compro lingerie di alta moda, fammi causa. E per tua informazione, la indosso perché piace a me, non per farla vedere a qualcuno».

«Sappi che non ci sarebbe nulla di male nel farla vedere a qualcuno».

«A qualcuno, tipo chi? Tipo te?»

«Se ti serve un volontario...».

«Sei fortunato che abbia finito il tè: avrei potuto tirartelo addosso».

«Basta che non mi lanci la tazza».

«Domani non uscirò», ribatte lei con un broncio offeso che le ha fatto aggrottare la fronte in modo adorabile, mentre afferra la maniglia della porta a vetri.

«Uscirai».

16
Didi

«Questo cos'è?», chiedo a mia madre, aprendo il frigo. Sul ripiano c'è un vasetto contenente una palla grigiastra dall'aspetto colloso.

«Lievito madre», mi risponde. «Così domani faccio il pane».

Ecco spiegati i dieci chili di farina presi al supermercato. «Ma mamma... il nonno mangia solo minestrina e stracchino, Camilla è sempre a dieta, papà preferisce i cracker... fai il pane in casa che poi mangiamo solo io e te?»

«Siamo in emergenza, bisogna adeguarsi».

«Quando c'era la guerra, non avevamo neanche la farina», interviene il nonno seduto al tavolo intento a sfogliare «TV sorrisi e canzoni» con la sua tazza di orzo. «Mia madre lo faceva con la farina di ghiande ed era così duro che bisognava bagnarlo nell'acqua per mangiarlo. A mio nonno, quando lo ha addentato...».

«...Gli si è staccato un dente?», lo anticipo io che ho già sentito la storia almeno dieci volte.

«E ha tirato la *cioppa* di pane fuori dalla finestra».

E a proposito di finestra, noto come mia madre abbia abbandonato i suoi traffici per appostarsi davanti al vetro. «Lo sapevo», borbotta.

«Cosa?»

«Ci stanno controllando!», esclama a voce più alta.

«*Chi* ci sta controllando, mamma?!». Sento che sta per arrivare un'altra delle sue strampalate teorie pseudoterrapiattiste.

«Quelli del 5G! Il virus è un complotto, è solo una copertura inventata dalla mafia delle comunicazioni per mascherare gli effetti dannosi generati dalle onde radio delle antenne del 5G! Le stanno testando e si sono accorti che la gente sta male, così ci hanno chiusi in casa e ora ci controllano con quei cosi lì!», dice indicando il drone che ondeggia avanti e indietro lungo il nostro terrazzo.

«Mamma, quale mafia delle comunicazioni?! È il nostro vicino!», ribatto uscendo fuori.

«È una spia!». Lei è ancora più allarmata.

«Sì, sta cercando di rubarti la tua segretissima ricetta per il lievito madre».

Seguo il drone lungo il terrazzo e, svoltato l'angolo dell'edificio, ecco lì Alex, con il telecomando.

«Tana per Daiana», mi saluta. «Sapevo che ti avrei trovata. Buongiorno».

«Buongiorno».

«Ho una cosa per te», dice attaccando al drone quella che sembra una rosa.

Lo pilota di nuovo fino a me e la afferro. È una rosa fatta con uno stelo di carta e il bocciolo... «Hai creato una rosa con le mie mutande?»

«Volevo ridartele così che tu non potessi più rinfacciarmi nulla, ma non mi sembrava elegante lanciartele in terrazzo».

«Hai delle capacità totalmente inutili, lo sai?», lo prendo in giro.

«Ammetto di non poter vantare la paternità dell'idea. Ho trovato un tutorial su YouTube».

«Hai cercato: "Come piegare mutande di pizzo a forma di rosa"?»

«No, in realtà era un video su come decorare la tavola per Pasqua con *tovaglioli* a forma di rosa, ma mi sono adattato».

«Ti ringrazio. Ora posso rimetterle insieme al loro reggiseno. Iniziava a sentirsi solo così spaiato».

«Il tuo reggiseno ha avuto una lezione di vita fondamentale: imparare a bastare a sé stessi».

«Il mio reggiseno basta a sé stesso, fa quello che deve fare comunque e lo fa egregiamente, ma con le sue mutande è più contento... Oh, ma perché finiamo sempre a parlare della mia biancheria?!».

«A me piace parlare della tua biancheria. E mi piace anche quando ti imbarazzi, perché le guance ti diventano rosa e ti vengono gli occhi lucidi».

Confermo la mia prima impressione su di lui. È una simpatica canaglia, uno di quelli che, per quanto ti facciano arrabbiare e siano irritanti, non si riesce a non perdonarlo. Accidenti.

«Comunque sappi che a mia madre è venuto un accidente a vedere il tuo drone. Ora pensa che tu sia una spia tecnologica che ha ordito un complotto con le compagnie del 5G», lo avverto.

«Se tu non esci, sono costretto a sfoderare l'artiglieria pesante. Domani vedi di uscire o userò il drone con la fotocamera e il teleobiettivo, e ti assicuro che tua madre si barricherà in cantina».

Mia madre in cantina? Ma è meraviglioso! «Me lo prometti?»

«Quello che vuoi».

17
Alex

«Ma si può sapere cosa vai sempre a fare, fuori in balcone?», bercia Gaia nel vedermi uscire, come ogni mattina.

«Vado a farci i cazzi miei», rispondo secco.

«Sai, credo di aver buttato gli anni migliori della mia vita con te».

«No, Gaia. Sono io quello che ha buttato i suoi anni migliori. E quel che è peggio è che nessuno me li restituirà». Ma senti questa! Mi ha cornificato e ha pure il coraggio di dare la colpa a me.

«Se mai io te l'ho solo migliorata, la vita. Non fosse per me saresti ancora nel tuo paesello disperso tra i monti».

«Probabilmente me ne sarei andato lo stesso, ma lo avrei fatto con un altro spirito. Quella che aveva bisogno di "diventare qualcuno" perché le sembrava di non essere abbastanza eri tu, non io».

Stavolta, la mia battuta la manda su tutte le furie. «Io *sono* qualcuno. Ho quasi cinquecentomila follower! Sei tu quello che non è nessuno».

«Non tutti misuriamo la nostra autostima sulla base dei like ricevuti per una foto».

«Il mio è lavoro. Io vendo un'immagine».

«Peccato che io sappia che la tua immagine è falsa», le ricordo. Farà bene a tenere a mente che io sono l'unica persona a sapere che *FitWithGaia* è solo una debole patina di vernice. Basta grattare un po' per vedere cosa c'è sotto. «Ora, se permetti, ne ho abbastanza di queste menate», chiudo la discussione uscendo sul balcone.

Appena scorgo il viso di Daiana, il tasso di rabbia che ho nel sangue si azzera all'istante. Ha un sorriso dolce anche se appena accennato.

«Buongiorno», mi saluta. «Oggi ero io a pensare che non saresti uscito tu. Solo che non ho nessun drone per venirti a cercare».

«Ho avuto una discussione con la pazza».

«Ti rende la vita difficile?»

«Non ha capito che, anche se dividiamo forzatamente la casa, ciò che faccio non la riguarda più».

«Comunque, stavo pensando: lo so che non sono affari miei, ma dev'essere dura chiudere una storia di dieci anni».

«Credo che fossimo agonizzanti già da un po', solo che nessuno diceva nulla perché eravamo troppo abituati l'una all'altro. A volte fa paura cambiare le abitudini».

«Io non la conosco, ma non mi sembrate così tanto compatibili. Come avete fatto a stare insieme così a lungo?».

Io mi stringo nelle spalle in cerca di una risposta sensata, perché me lo sto chiedendo anche io, solo che una risposta non me la sono ancora data. «All'inizio eravamo due ragazzini che vivevano alla giornata. C'erano periodi in cui lei era più presa e io più distratto; altri in cui quello preso ero io e lei distaccata. Quando ha proposto di venire a Milano, era proprio quel momento e io l'ho seguita senza obiettare. A lei, Modena è sempre andata stretta, non sapeva cosa voleva ma sentiva che per capirlo doveva andare via. Gaia a Milano si è trovata e io mi sono perso. Solo grazie alla fotografia mi sono ripreso quel pezzo che non trovavo più e ho cominciato a stare bene anche qui, ma sempre meno con lei».

«Milano fa questo scherzo a chi viene da una realtà più piccola. Io ho provato una cosa simile quando sono andata a Berlino».

«L'Italia non ti manca?», le chiedo.

«Dipende dai momenti. A pranzo e a cena, per esempio, mi manca sempre. Mi manca il calore della gente, l'empatia che ti porta a legare anche con perfetti sconosciuti. Prendi noi due. Mi è difficile immaginare che due tedeschi decidano di trovarsi in terrazzo ogni giorno a chiacchierare. Sono molto più riservati. Però hanno una cosa che mi piace un sacco e che in Italia non c'è: il *Feierabend*».

«Il che...? È un altro concetto intraducibile tipo la *Schadenfreude*?»

«Sì, è l'idea che il riposo serale, dopo la giornata trascorsa al lavoro – il che avviene verso le cinque – sia sacro. Una volta messo piede fuori dall'ufficio ci si dedica a sé stessi, alla famiglia, alle proprie passioni, senza lasciare che gli imprevisti e i fastidi della vita professionale interferiscano. Non devi neanche azzardarti a chiamare un collega durante il *Feierabend* per dirgli che il giorno dopo ci sarà una riunione alle dieci o per chiedergli se ha protocollato una pratica».

«Strano, avrei detto che sotto questo punto di vista i tedeschi fossero molto più efficienti e fiscali».

«Lo sono, in questo caso sono fiscali nel rispettare lo spartiacque tra lavoro e tempo libero. A mio padre salterebbero le coronarie se gli dicessero di uscire dall'ufficio alle cinque e mettersi a fare le parole crociate. Lui è uno di quelli che si sveglia dicendo: "Grazie a Dio è lunedì!"».

«Stai quasi riuscendo a farmi piacere i tedeschi. Anche se non perdonerò mai loro il vizio di cuocere la pasta per venti minuti».

«Nella sfiga ho avuto culo, se ci pensi. Se fossi rimasta in Germania a fare la quarantena, invece dei cannelloni al forno e del risotto, sarei stata costretta a nutrirmi di *Leberwurst* e crauti».

«Didiiiiii», chiama una voce acuta che penetra dalle finestre a doppio vetro. «Mi aiuti con le lasagne?»

«Mia madre», dice lei alzando gli occhi al cielo.

«Ritieniti fortunata. Darei un braccio per una lasagna, in questo momento».

«Te ne farò avere un piatto. Controlla la tua porta tra dieci minuti».

«Ci vediamo domani? Stesso posto, stessa ora?».

Daiana annuisce. «Stesso posto, stessa ora».

«Sempre che Gaia non si metta di mezzo».

«Se non ti vedo uscire dopo dieci minuti, faccio scattare l'allarme antincendio delle scale, così ti libero».

«Ci conto».

18
Didi

«Qual è la prima cosa che farai, una volta finita la quarantena?», mi domanda Alex. Oggi Gaia non si è messa in mezzo e lui sembra molto rilassato.

«Non lo so. Credo che uscirò a prendere un gelato e me lo mangerò mentre passeggio, prendendomi tutto il tempo che voglio».

«Che gusti? Sarebbe il tuo primo gelato dopo l'isolamento, devi sceglierli bene perché te li ricorderai per sempre».

«Indovina», lo sfido. «Secondo te che gusti prenderei?»

«Dunque, vediamo...», inizia lui studiandomi. «Sei una da frutta, ma sei golosa e non riesci a rinunciare alle creme».

«Questo è vero».

«E il primo gelato che prenderai non sarà alla frutta. Hai tutta la vita per mangiare gelati fragola e limone».

«Che comunque non prendo mai. Preferisco pesca, mango e cocco».

«Il cocco non è frutta».

«Certo che è frutta! Cresce sugli alberi!», dico. «È il frutto della palma da cocco».

«Se è vero ciò che dici, anche il cacao e le nocciole crescono sugli alberi, *ipso facto* sono frutti, quindi la Nutella cos'è? Un frullato? Consigliatissima nelle diete. Signorina, mangi cinque porzioni di Nutella al giorno».

Touché. «Hai rovinato la mia solidissima scusa per mangiare il cocco senza sensi di colpa».

«Non c'è di che», ridacchia lui. «Quindi se non prenderai gusti alla frutta, su cosa ti butterai? Sul classico stracciatella-cioccolato o oserai?»

«Dimmelo tu, che sai sempre tutto».

«Oserai. Punterai sui gusti meno scelti da tutti gli altri clienti, ma evitando quelli che replicano le varie merendine o cioccolatini. Dimmi se sto sbagliando qualcosa».

«Non stai sbagliando», dico con una punta di fastidio. Sta azzeccando tutto.

«E neanche quelli tipo-Sacher, tipo-profiterole o tipo-zuppa inglese. Se vuoi la torta, ti mangi la torta, non il gelato».

«Vai avanti».

«Però ti piacciono i contrasti. Vuoi un gusto che si faccia assaporare e ricordare anche una volta che lo avrai finito».

«Quindi? Che gusti sceglierei?»

«Caramello salato». Spara con la mira di un cecchino, al punto che mi sento proprio trafitta in mezzo al petto. «E malaga, quello con l'uvetta e il Marsala. Anzi, no», si corregge. «Tu il cioccolato lo vuoi, ma non come gli altri. Cuba: fondente variegato al rum. E niente panna».

Lo fisso per un lungo istante mentre sul suo viso si tende un sorriso compiaciuto. «Credo di odiarti», dico. «Però su una cosa hai sbagliato».

«Impossibile! Su cosa?»

«La panna. Quella la metto».

«Ma tutti chiedono la panna montata! È una cosa troppo normale!».

«Lo so, non posso mica essere perfetta». Mi appoggio al davanzale, verso di lui, come se fossimo seduti al tavolino di un bar. «Tu che gusti chiederesti?»

«Quelli che non prendi tu ma che vorresti assaggiare, così me ne chiederesti una cucchiaiata. E io ne prenderei una da te».

La sua frase descrive una scena così intima che deglutisco a vuoto, con la gola stretta. «Ecco il tuo errore», dico per sviare la conversazione. «Io non sono una da coppetta. Io prendo il cono».

«Ancora meglio», ribatte con un occhiolino impertinente.

Mi sono fregata con le mie mani. Il cono si lecca, Daiana, come hai fatto a essere così stupida da cadere nella sua trappola?! «Ah... ehm... Dicevamo... Tu cosa farai quando la quarantena sarà finita? Oltre a cambiare casa, ovviamente».

«Andrò al mare. Prenderò la macchina e mi fionderò a Rimini».

«C'è di meglio», gli faccio notare.

«Lo so che ci sono mari più belli e con il mio lavoro li ho visti quasi tutti, ma per me la Riviera Adriatica sarà sempre il primo e unico grande amore».

«Sul serio?»

«Per chiunque nato in Emilia, il primo mare in cui metti i piedi è l'Adriatico. E sarà l'unico che nella tua testa risponderà alla definizione. La Riviera Adriatica è chiassosa, ad agosto sulla spiaggia non c'è un metro quadro libero e l'acqua ribolle come il brodo dei tortellini, densa, oleosa con le alghe che ti sfiorano le caviglie mentre vai dentro. La sabbia della Riviera Adriatica è la migliore per fare i castelli: compatta ma lavorabile, fine ma non farinosa. Salvo poi trovartela nelle mutande per una settimana. Dopo il bagno la nonna mi prendeva sempre il bombolone caldo dall'ambulante che faceva avanti e indietro per la spiaggia con il carrello, e al pomeriggio il BIF giallo».

«*BIF* giallo?»

«Il BIF è il ghiacciolo. Ma al bar di un qualsiasi Bagno Walter o Bagno Roberto della Romagna, se chiedi un ghiacciolo non ti servono neanche. La prima azienda che si è messa fare ghiaccioli in Emilia era la BIF, a Reggio per questo lo chiamiamo così. A Bologna, per lo stesso motivo lo chiamano il COF».

«Mi prendi in giro!».

«Giuro! C'è scritto anche su Wikipedia! Controlla».

«Quindi Rimini, eh?»

«E sardoncini alla brace. E poi una passeggiata sul lungomare finché il caldo umido non mi avrà fatto sudare fino a dover strizzare i vestiti».

«Parli come un uomo innamorato».

«È così», annuisce. «Puoi togliere un emiliano dalla Riviera Adriatica, ma non puoi togliere la Riviera Adriatica da un emiliano».

«Devo ammettere che ti invidio un po'. Noi milanesi andiamo in Liguria, dove ormai ci odiano, e anche se il mare lì è bello io non ho avuto la sabbia per fare i castelli, perché ci sono i sassi. Hai davanti la campionessa in carica di lancio del ciottolo sull'acqua, di Sestri Levante: sono arrivata ben a quattordici rimbalzi. E la focaccia! Quanto darei adesso per mettere i denti su una focaccia di Recco, calda, con il formaggio…», sospiro con la bava alla bocca.

«Allora facciamo così», dice Alex. «Quando finisce la quarantena, tu vieni con me a Rimini a fare i castelli di sabbia e poi andiamo a Sestri e facciamo a gara di lancio del sasso. Che ne dici?».

Lo so che si fa per parlare, ma a pensarci l'idea di andare al mare con Alex mi piace. C'è qualcosa che mi scalda dentro all'immagine di noi due, a passeggiare su una spiaggia, mano nella ma... Daiana! Santo cielo! «Io... io... devo rientrare! Ho... ho lasciato il rubinetto del bagno aperto! Che sbadata, chissà quanta acqua avrò sprecato!», dico afferrando la maniglia della finestra.

«A domani».

«A domani. Ciao, ciao, cia...».

E appena mi rinchiudo dentro, sola, nella camera di mia sorella, mi appoggio al muro, a contare i battiti del mio cuore che in questo momento mi stanno assordando.

19
Alex

Posso dire senza alcun tipo di dubbio o esitazione, che l'appuntamento sul terrazzo con Didi è diventata la mia parte preferita della giornata.

Quando a scuola ci avevano fatto leggere *Il piccolo principe* avevo deciso che non mi era piaciuto. Il problema era che non lo avevo capito.

Oggi invece lo sento così tanto da pensare di essere io il piccolo principe. Quando fa amicizia con la volpe, a un certo punto dice che sapendo che si vedranno tutti i giorni alla stessa ora, lui già un'ora prima inizierà a essere felice, e man mano che scorrono i minuti, alla felicità si aggiungono ansia e impazienza.

Io mi sento esattamente così: già prima del nostro appuntamento comincio a sentire un solletico nel petto, una sensazione di calore che mi avvolge il cuore, e guardo l'orologio ogni cinque minuti domandandomi perché le lancette vadano così piano.

Quando esce lei lancia uno sguardo verso il mio balcone, ma non mi vede, così si appoggia al parapetto in attesa che la raggiunga.

Io mi prendo un minuto per guardarla di nascosto, per fissarla spudorato, come non potrei fare se fossi lì fuori con lei.

Sento il desiderio di osservare tutti i suoi dettagli: le ciglia lunghe, il naso appena all'insù, un piccolo neo sul collo… D'istinto afferro la macchina fotografica e le scatto una foto, mentre osserva distratta la strada vuota, di profilo, con i capelli scompigliati da una leggerissima brezza.

«Ehi», mi saluta, quando mi vede uscire.

«Buongiorno».

«Oggi niente scenate della ex?»

«Mi sono chiuso in camera per evitarle. A te come va con la famiglia?»

«Mio padre è in crisi d'astinenza da ufficio, mia sorella festeggia la promozione assicurata, mia madre, quando non cucina, complotta su Facebook e il nonno non ha ancora capito che *Sanremo* è finito da mesi. Non mi sarei mai trovata a pensare a quanto le cose più normali siano speciali».

«Questa quarantena ci sta obbligando a rivalutare tutto ciò che prima davamo per scontato», concordo, «a rallentare e a pensare a quante volte ci siamo lamentati per niente».

«E soprattutto a fare un uso migliore del proprio tempo. Solo ora mi rendo conto del fatto che non ho mai avuto poco tempo, ma ero io a organizzarlo male o a perderlo in mille distrazioni».

«Secondo te, questa, è una distrazione?», le domando.

«Questa cosa?»

«Il nostro trovarci qui, in terrazzo, a parlare».

«In realtà no. Era da un po' che non davo spazio al semplice chiacchierare con una persona e basta. Non sei un'amicizia stretta per comodo o per interesse, non sei una persona che sono obbligata a frequentare. M'interessa ciò che hai da dire. Sono qui perché mi piace, perché io non voglio nulla da te e tu non vuoi nulla da me».

«Chi ti dice che io non voglia nulla da te?»

«Vuoi qualcosa da me?», mi risponde lei con un'altra domanda.

«Vorrei sentire che profumo hai», dico in totale sincerità. «Se ci fossimo conosciuti in una condizione normale, ci saremmo stretti la mano e ora conoscerei la consistenza della tua pelle. La seconda volta, magari ci saremmo salutati con un abbraccio o forse con un bacio sulla guancia e ne avrei approfittato per stamparmi nella memoria olfattiva l'aroma del tuo shampoo. Invece devo tenermi questa curiosità».

«Un metro di distanza».

«Se ci pensi, anche toccare una persona è qualcosa che diamo per scontato, ma che non è scontato affatto. È un privilegio».

«Siamo obbligati a mettere il rapporto intellettuale davanti a tutto. Solo io, tu e le nostre parole».

«Mi sembra un corteggiamento di un'altra epoca, fatto di tempi lunghi, quando non ci si poteva toccare perché sarebbe stato troppo sconveniente».

«Alex Baraldi, per caso mi stai corteggiando?»

«Be', pensavo di aver reso le mie intenzioni abbastanza manifeste con la rosa fatta con gli slip di pizzo».

«Hai ragione, in fondo chi non si dichiara con una rosa fatta di slip di pizzo?!», esclama con un timido sorriso.

«Ci vuole coraggio per osare».

«Allora, sono appuntamenti galanti, i nostri?», mi chiede, con le guance che le si tingono di un rosa adorabile.

«Ti piacerebbe considerarli così?».

Dopo qualche secondo annuisce, regalando sollievo al mio cuore che all'idea di un "no" si era già fermato. «Mi piacerebbe. Anche perché non sono mai stata corteggiata come si deve», sospira.

«E io non ho mai corteggiato come si deve. Ma con te ho voglia di farlo».

20
Didi

«Perché sorridi così?», mi ha domandato Camilla, a cena. «Sembri ipnotizzata».

La mia risposta è stata un vago «niente», ma il pensiero è andato dritto ad Alex. Ed è stato un pensiero che mi ha fatto stare bene.

Mi sono sentita peggio al risveglio, quando ho visto il cielo nero che copriva Milano e la pioggia che è caduta insistente tutto il giorno nonostante le mie preghiere.

Non c'è stato modo di uscire e ho passato tutta la notte a controllare ogni sito meteo disponibile pur di trovarne uno che annunciasse sole splendente, ma tutti sembravano dare per certo un altro giorno di rovesci.

E avevano ragione.

Quarantotto ore dopo il mio sorriso si è trasformato in un muso lungo.

Camilla e papà che litigano non sono d'aiuto.

«La stampante dice che è finito l'inchiostro.

Cami, abbiamo delle cartucce di ricambio?», le chiede al telefono. Sì, mio padre telefona a mia sorella che è nella sua stanza.

«No», urla lei.

«Come no? La regola è: avere sempre cartucce di scorta».

«Le ho usate io per stampare le schede di francese».

«Va be', adesso le ordino su Amazon, spedizione in ventiquattr'ore e *taaac*, domani abbiamo già la stampante operativa. Ci penso io, *ghe pensi mì*. Il *problem solver* della *situescion*!», annuncia lui. «Ci mettiamo tre secondi: cerca cartucce, *taaac*; nera e a colori inchiostro extra, *taaac*; quelle economiche modalità risparmio ve le tenete voi; metti nel carrello, *taaac*... Ma come, prodotto non disponibile?»

«Non è un bene di prima necessità», dico io dal divano, intenta a lavorare con il PC in grembo, «c'è scritto anche nella home page che stanno dando la priorità ai prodotti più urgenti, e che gli articoli secondari potranno non essere disponibili».

«Ma come! Le cartucce sono un bene di prima necessità! Io devo fatturare, non posso mica stare qui a guardare la vernice che asciuga!».

«Ma è proprio necessario stampare il report della pratica Morozzi?», gli domando. «Potresti provare a lavorare in modo un po' più ecologico e stampare solo l'indispensabile. O almeno, se proprio devi farlo, usa toner ricaricabili e carta riciclata per essere più *eco-friendly*», gli suggerisco nella speranza di convincerlo.

«L'*eco-friendly* è un complotto ordito dalle lobby dell'ecologia», interviene mia madre. «In realtà nascondono degli interessi politici! L'ho letto su...».

Prendo il mio computer e mi trasferisco in lavanderia, appollaiata sull'asciugatrice che vibra, dove resto fino a sera quando mi tocca tornare in camera con la belva.

Mentre sono sdraiata sulla mia brandina pieghevole da campeggio comprata in promozione da Decathlon, scorro annoiata le previsioni, ancora pessime per il giorno dopo, quando sul cellulare mi compare una notifica: nuova email da AlexPhotogram.

Apro la casella di posta e lo trovo lì, in testa alla Inbox.

Un giorno senza uscire sul balcone posso sopportarlo. Due no.

Ho preso la tua email da LinkedIn, nel caso te lo stessi chiedendo.

A.

Clicco su "Rispondi".

Se non l'avessi fatto tu, lo avrei fatto io.

D.

Poi, senza aspettare la sua risposta, gli scrivo il mio numero di telefono.

Due secondi dopo, ricevo un messaggio da un numero sconosciuto e d'istinto clicco sulla sua foto profilo: è un suo primo piano, con il viso coperto interamente dalla macchina fotografica e sulla lente dell'obiettivo si vede il riflesso di una cascata.

A: "Mi piace che tu mi abbia dato il tuo numero senza che te lo chiedessi. Sei una donna che prende l'iniziativa".

D: "Le email sono troppo fredde e formali, io e te abbiamo già superato i convenevoli, no?".

A: "Lo sai che in questo modo mi autorizzi a disturbarti ogni volta che voglio, vero?".

D: "Lo spero proprio".

A: "Cosa stai facendo?".

D: "Sto sperando con tutta me stessa che domani smetta di piovere".

A: "Perché? Dove devi andare? :P".

D: "Ho un appuntamento".

A: "Davvero? Con chi?".

D: "Il mio vicino di casa, si chiama Alex Baraldi, non so se lo conosci".

A: "L'ho sentito nominare".

D: "Geloso?".

A: "Un po', ma so che terrai la distanza di sicurezza".

D: "A proposito di distanza, non ti sembra strano che io e te ci stiamo scrivendo mentre c'è solo una parete a dividerci?".

A: "È una situazione strana che nasconde in sé una crudele bellezza. Sei vicina, ma lontanissima".
D: "Vorrei poter guardare attraverso il muro per vederti".
A: "Io non ne ho bisogno. Ti vedo già".
D: "Cosa? Come?".
A: "Ti ho scattato una foto di nascosto, l'altro giorno, mentre aspettavi in terrazzo che uscissi anche io".
D: "Mi hai fatto una foto?!".
A: "Non ho potuto resistere".
D: "Sono molto arrabbiata, avresti dovuto chiedermi il permesso".
A: "Eri bellissima".
D: "Sei perdonato".

«Didi, la pianti di scrivere?! Mi dà fastidio la luce del tuo cellulare!», sbotta Camilla. «Vorrei dormire, se non ti è di troppo disturbo!».

Mi mordo le labbra per trattenere un sorriso mentre mi tiro il lenzuolo sulla testa per nascondermi. Fino a ieri ero io quella che brontolava, perché Camilla chattava con le sue amiche fino a notte fonda, con il *tic-tic* delle sue unghie lunghe sullo schermo che mi trapanava i timpani.

A: "Per questo mi piace la fotografia. La bellezza a volte dura solo un secondo, ma un'immagine può fissarla per sempre".
D: "Cos'è la cosa più bella che hai visto in vita tua? (Non azzardarti a rispondere: 'Tu')".
A: "Mi hai bruciato la battuta".

D: "Puoi fare di meglio".
A: "Il tramonto in Groenlandia".

E subito dopo mi manda la foto di un cielo incendiato di rosa, frastagliato dalle punte azzurre degli iceberg che svettano dal mare.

A: "Le caverne di ghiaccio di Vatnajökull, in Islanda".

Segue l'immagine di un antro blu che sembra scolpito nel vetro.

A: "Il cratere Darvaza, in Turkmenistan".

E mi trovo a osservare una voragine simile a un vulcano da cui si alzano lingue di fuoco.

D: "Sei stato davvero in tutti questi posti?".
A: "Dimmi cosa vuoi vedere e io ti ci porto".
D: "Vorrei vedere la fioritura dei ciliegi in Giappone".
A: "Shinjuku Gyoen, marzo 2018".

E dopo tre secondi, Alex mi invia il video di lui che cammina in un viale fitto di chiome rosa, con i petali che cadono leggeri intorno a lui.

D: "E il Vinicunca, in Perù, lo hai visto?".
A: "A settembre scorso".

Mi manda una foto della cresta montuosa delle Ande striata di rosso, verde, giallo, azzurro, viola...

D: "Voglio vedere tutto quello che hai visto tu".

A: "Ti manderò foto finché non ti addormenti".

D: "E poi?".

A: "E poi ci incontreremo lì dove ti sei addormentata. Saremo solo noi due, che sia in Groenlandia o in Thailandia, nel Sahara o nel deserto di sale in Bolivia".

D: "E come fai a trovarmi?".

A: "Ti cercherò. Prometto di trovarti prima che ti svegli".

D: "Prometti?".

A: "Promesso".

21
Alex

Non può piovere per sempre, diceva Eric nel film *Il corvo*.

E infatti dopo tre giorni di acqua, stamattina il cielo è terso, con un sole accecante che intiepidisce l'aria. Mentre controllo le email mi ritrovo anche una circolare dell'amministratore di condominio.

Anselmo Tafazzi non sta simpatico a nessuno, è rigido, fiscale e soprattutto abita al secondo piano, quindi controlla tutti da vicino.

Si informano gli egregi condomini che, data la situazione di emergenza e di divieto di uscita, ho deciso di concedere l'uso della terrazza condominiale per un'ora al giorno, un condomino alla volta, così che tutti abbiano la possibilità di godere di uno spazio all'aria aperta fuori dal proprio alloggio. Coloro che desiderano fruire della terrazza, dovranno chiedermi la copia della chiave e restituirmela entro un'ora.

Cordialmente, Dott. Anselmo Geom. Tafazzi

Una strana idea inizia a farsi strada nella mia testa e conto i minuti che mancano all'incontro con Daiana, tanto che la aspetto fuori in anticipo.

«Hai visto l'email dell'amministratore?», le chiedo appena la vedo affacciarsi, senza neanche un buongiorno di cortesia.

«No, quelle arrivano a mio padre. Perché?»

«Perché ha deciso di lasciar usare la terrazza condominiale sul tetto, a turno per un'ora al giorno».

«Abbiamo una terrazza condominiale? Sul serio? Da quando?»

«A ottobre è stato fatto pavimentare il lastrico solare perché andava cambiato l'isolante, così è diventato uno spazio aperto comune utilizzabile».

«Wow, non lo sapevo. Quindi un'ora al giorno, una persona alla volta, può salire in terrazza, se ho capito bene».

«Esatto».

«Ed è una buona notizia?»

«Stasera capirai perché».

«È una mia impressione o stai escogitando qualcosa?».

Io, però, non ho intenzione di dirle di più. «Terrazza condominiale. Alle cinque».

22
Didi

«Ehm, io credo che tra un po' andrò a farmi un giro in terrazza», annuncio nel disinteresse generale.

La mamma è presa a litigare con una contro-complottista in un gruppo Facebook intitolato: "Noi, gente informata", il nonno guarda il TG della salute e papà è al telefono, quindi non può sentirmi.

«A fare cosa?», mi sorprende Camilla alle spalle sbucando dalla cucina con uno di quei tè schifosi in mano.

«Io? Ma niente... un giro. Mi sgranchisco un po'».

«Io dico che c'entra Alex», spara lei in tono tagliente.

«Affatto», mento. «Ma poi, cosa ti salta in mente?! Alex? Non dire sciocchezze».

Lei mi rifila uno sguardo sospettoso. «Quindi non è con lui che hai chattato tutta la notte?».

Sento la faccia prendere fuoco. «E come lo sai?»

«Ho tirato a indovinare, ma è una settimana che stai sempre fuori sul balcone a parlare con lui. Chi altri potrebbe essere?»

«Che fai? Mi spii?»

«No». Camilla fa spallucce. «Ma io vedo e sento tutto. Sembro distratta, ma non mi sfugge niente. Tana per Daiana».

«Sì, ok, si tratta di Alex», ammetto a fatica.

Lei sfoggia un sorriso vincente e si mette a battere le mani. «Uh!!! Hai una tresca! Ma... ma lui sta con Gaia!».

«Si sono lasciati». Ma perché sento la necessità di giustificarmi? Mia sorella ha dieci anni meno di me!

«Lei è il mio idolo, ma lui è un figo da paura, di quelli da sbavarci. Ma, Didi... esci così?!», mi domanda con una nota di disapprovazione nella voce.

«Così, come?»

«Così struccata! E con i capelli legati».

«E allora? Non sto esattamente uscendo».

Camilla sbuffa. «Non puoi farti vedere a un primo appuntamento come se fossi appena caduta dal letto! Vieni, ci penso io a te!», dice spingendomi verso il bagno.

«No, Cami, per favore, lasciamo stare, non mi interessa».

«E invece no! Cioè, lui stava con Gaia, hai presente?». E nel caso non lo avessi presente, Camilla mi piazza davanti una delle foto della sua beniamina, tonica e abbronzata, che esce dal mare con capelli perfetti e trucco impeccabile.

«Ok», cedo. «Ma non esagerare».

«Sììì!», esulta. «Andiamo, mi ringrazierai».

«Ho paura». E la mia paura aumenta quando Camilla chiude a chiave la porta del bagno. «Se mi fai male, urlo».

«Fidati di me. Ho visto un sacco di tutorial su YouTube. Siediti sul water».

«Allora siamo a posto».

«Non posso certo fare peggio di quando a sedici anni ti sei tinta una ciocca di capelli rosa per assomigliare a quella cantante… dai, quella musica vecchia che ascoltavi te».

«Era Avril Lavigne. E non è musica vecchia!», obietto.

«Come ti pare. La mamma si era incazzata da morire perché le avevi sporcato tutti gli asciugamani del set nuovo».

«Mi ricordo. Tu però eri piccolina, avevi sei anni».

«Te l'ho detto, vedo e sento tutto». Mi scioglie i capelli sulle spalle e comincia a pettinarmeli con strattoni violenti.

«Ahi! Così però mi lasci pelata!».

«Ti faccio le *beach waves*!», annuncia indifferente alle mie proteste, sventolando il ferro.

«Sai usarlo?»

«Meglio di te. Mentre si scalda, ti trucco».

«Stai leggera. Tu ci vai sempre troppo pesante. Non capisco come mai la mamma non ti dica nulla, io avevo a malapena il permesso di usare il burrocacao!».

«Privilegi da secondogenita. Adesso stai zitta. Fai la faccia a pesce che ti do la terra per il *contouring*», dice risucchiando le guance.

Decido di avere fede in mia sorella – anche perché se non mi piaccio, poi mi strucco – e la lascio fare.

«Finito? *Etciù!*», starnutisco per la polvere della cipria che mi ha spennellato sul naso.

«Quasi. Che rossetto mettiamo: un rosso drammatico o un *nude* più naturale?»

«Non importa, indosserò la mascherina».

«Cosa?! Ma così rovinerai il mio lavoro!», protesta.

«Sono le regole», le ricordo mentre lei si dà da fare con il ferro fumante. «Emergenza sanitaria, hai presente?»

«Per Alex, io prenderei anche la peste! Lo hai visto?!».

«Sì, l'ho visto, Cami».

«Ma quindi, se ci scappa un bacio?»

«Non scapperà un bel niente. È solo un modo per vederci e chiacchierare senza stare appesi al davanzale, tutto qui. Tra un'ora torno. Posso andare adesso?»

«Sì. Ti ho sistemata proprio bene. Certo, non sei bella come Gaia, ma hai il tuo perché».

«Grazie, anche io ti voglio bene». Alla fine, devo dire che il risultato non mi dispiace, a parte i glitter che mi ha messo sugli zigomi che neanche Cher ai tempi d'oro e che mi toglierò dopo che sarò uscita.

«Poi voglio sapere tutto», mi strilla dietro mentre infilo la porta.

Via via che salgo verso l'ultimo piano il mio cuore accelera i battiti, e non è per le scale.

Con la mano sulla porta di servizio, faccio un respiro profondo e mi decido a uscire sulla terrazza, affacciata su Milano, nella luce morbida e rosata del tardo pomeriggio.

«Che meraviglia!», esclama Alex, appoggiato al muretto di cinta.

«Vista magnifica, davvero».

«Mi riferivo a te, ma sì, sono d'accordo, anche la vista non è male».

Per fortuna che c'è la mascherina a nascondere il sorriso sfacciato che mi è spuntato. «Sai che stiamo andando contro la regola "uno alla volta" dell'amministratore, vero?»

«Se non fai la spia, non lo saprà mai».

«Allora, cosa avevi in mente? Sei stato molto criptico, oggi».

«Ho pensato, dato che vorrei corteggiarti come si deve, che oggi avremmo potuto fare la nostra prima passeggiata insieme».

«Una passeggiata?», gli domando, affacciandomi anche io al parapetto.

«Una passeggiata», conferma. «Noi due guardiamo Milano da quaggiù», dice piazzando tra di noi un tablet. «Mentre il drone ce la fa vedere da lassù». E al suo comando, il drone si alza in volo sui tetti. «Dove andiamo per la nostra prima passeggiata?»

«Andiamo verso il parco», suggerisco.

In pochi minuti, sullo schermo compare il Castello Sforzesco con il piazzale, normalmente affollato dai turisti, deserto.

«Nella fontana ci ho fatto il bagno la notte che l'Italia ha vinto i mondiali», dico appena la vedo.

«Io la notte dei mondiali ho perso la verginità».

«Spero non in pubblico, dentro un fontana».

«No, ma quasi. Io e alcuni compagni di classe ci siamo intrufolati in una piscina pubblica. Tanto la polizia stava tenendo d'occhio tutta la gente che festeggiava in Piazza Grande e lungo la via Emilia».

«Stai scherzando?»

«Il fratello di un nostro amico lavorava lì come bagnino e gli abbiamo fregato le chiavi. Dopo il rigore di Grosso abbiamo preso gli scooter e ci siamo fiondati a fare il bagno e...».

«E hai festeggiato a modo tuo».

«Sì, in effetti ho avuto molto di cui festeggiare quella notte. Quattro volte».

«Ehi, ricordati che mi stai corteggiando come un gentiluomo. Non vantarti delle tue gesta amatorie con un'altra damigella».

«Chiedo perdono, sono stato inopportuno».

Alex pilota il drone su via Dante, l'arteria che collega il Castello a piazza Duomo. «Prometto che sarò più discreto».

«Mio Dio», mormoro guardando il pavé di sanpietrini della strada. «A quest'ora, qui, non si cammina. Le persone sono schiacciate l'una addosso all'altra. Fa così senso vederla vuota».

«Se ti rattrista lo interrompiamo».

«No», insisto. «Voglio vedere. Ho bisogno di sapere che la città è ancora lì. Magari solo un po' addormentata, ma che ci sta aspettando».

«Tutto il Paese ci sta aspettando, ma sa portare pazienza. È più vecchio di noi, ha resistito a cose peggiori».

Il drone di Alex sbuca nella piazza del duomo e poco dopo ci troviamo a sorvolare le guglie che punteggiano il tetto della cattedrale.

«Non le avevo mai viste così da vicino», dico osservandole nello schermo.

«Duomo di Milano: la più grande cattedrale gotica del mondo e la più decorata, con 3400 statue, 135 gargoyle e 700 figure. Iniziata nel 1386 ci vollero quasi cinquecento anni per terminarla».

«Allora, all'università studiavi anche!».

«Certo! Ho preso trenta all'esame di storia dell'architettura antica».

«Sono impressionata».

«Quando arriveremo alla Torre Velasca scoprirai perché, in quello di architettura moderna, mi hanno dato anche la lode».

«Ora non fare il fenomeno».

«Ti dimostrerò che non sono un millantatore. Lo sai che nel duomo di Milano c'è la testimonianza di uno dei plagi più clamorosi della storia dell'arte?»

«Cioè?»

«Una delle sculture sulla facciata rappresenta la Statua della Libertà, l'unica e originale».

«Dici sul serio?»

«Sì». Alex sposta il drone fino a riprendere quella che ha tutto l'aspetto della Statua della Libertà di New York, con il braccio destro alzato che regge la fiaccola e la lunga chioma sormontata dal diadema stellato. «Eccola».

«Incredibile», esclamo.

«I cugini francesi ce l'hanno copiata settant'anni dopo e l'hanno donata agli americani prendendosi tutti i meriti».

«Dovremmo fargli causa».

«Non potrei essere più d'accordo. Ora ti faccio un regalo, guarda». L'inquadratura si alza sempre di più sul tetto, oltre la lanterna, finché una figura dorata riempie lo schermo.

«La Madonnina», sussurro rapita.

«Come nessuno la vedrà mai. Panoramica esclusiva solo per te».

«*Sota a ti se viv la vita, se sta mai coi man in man*. Sotto di te si vive la vita, non si sta mai con le mani in mano».

«Non si offenderà se per un po' i milanesi non

la vanno a trovare e per qualche giorno non si precipitano in ufficio».

«Qui ti sbagli. Mio padre sta lavorando più adesso in *smart working* di quando va in ufficio, proprio perché non ha orari».

«Allora, forse, dovevo invitare lui quassù, per fargli vedere la Madonnina».

«Se vuoi, Alex, scendo a chiamarlo».

«Preferisco te».

«Lo spero bene».

«E io spero che la nostra passeggiata ti sia piaciuta», mi dice spegnendo lo schermo e richiamando il drone.

«Perché? È già finita?»

«È scaduta l'ora. Se non riporto la chiave all'amministratore, verrà su, e se ci vedrà insieme, chiuderà di nuovo la terrazza».

«Però possiamo rifarlo, vero?»

«Tutte le volte che vuoi. Adesso vai, però!».

Mi dirigo a malincuore verso la porta delle scale, ma prima di scendere mi volto di nuovo verso di lui, che sta recuperando il drone. «Azzurri», dico.

«Cosa?»

«I tuoi occhi sono azzurri. Sono riuscita a vederli bene solo oggi».

23
Alex

«Come ti piace la pizza?», mi domanda Daiana, a bruciapelo, appena mi vede uscire in terrazzo.

«Buongiorno».

«Come ti piace la pizza?», ripete tassativa.

«Mi piace qualunque tipo di pizza, basta che sia pizza. Sono il quinto membro mancato delle Tartarughe Ninja», le rispondo. «Perché?»

«M'interessava saperlo e basta. Stasera la prendo io la chiave da Tafazzi. Ci vediamo su in terrazza!».

E quindi, alle sei e mezza mi ritrovo a fare i gradini tre alla volta per raggiungere l'ultimo piano.

Quando al mio arrivo trovo Daiana ad attendermi, resto senza parole.

«Ecco perché volevo sapere come ti piace la pizza», dice aprendo le braccia. «Benvenuto al nostro secondo appuntamento: la cena in pizzeria».

Ha allestito una pizzeria in terrazza.

Ha steso un telo a terra coperto di cuscini, il perimetro circondato da candele accese, e al centro c'è una cassetta della frutta rovesciata con sopra un cartone di pizza dal quale si solleva un nastro di fumo che profuma di pomodoro e mozzarella.

«E ho anche portato da bere», dice allungandomi una bottiglia di birra. «Sei luppoli».

Nel momento in cui l'afferro, le mie dita sfiorano le sue e per un attimo restiamo bloccati, come se ci avesse colpito un fulmine. Parliamo da settimane, ma questo è il nostro primo contatto. Basta quel leggero tocco a spararmi una botta di adrenalina dritta al cuore.

Devo resistere all'istinto di prenderle la mano e stringerla a me, anche se è quello che vorrei fare.

Ci sediamo con un leggero imbarazzo, io da una parte della cassetta, lei dall'altra, con l'ormai famoso metro di distanza a dividerci.

«Lo sai che dovremo levarci la mascherina per mangiare, vero?», le dico.

«Se non hai intenzione di sputare, direi che non ci siano problemi».

«No, in genere a tavola mi comporto abbastanza bene. Mastico con la bocca chiusa, non mi pulisco con la tovaglia e non metto i gomiti sul tavolo».

«Questo è molto rassicurante». Daiana apre il cartone, liberando nell'aria il profumo della pizza. «Spontini: l'unico nome della pizza al taglio di Milano».

«Devo ammettere che è molto buona», dico prendendone una fetta, «anche se un modenese non potrà mai tradire Altero».

«Spontini non si batte».

«Vorrà dire che dovrò portarti a Modena e farti giudicare di persona».

«Questa pizza è stata la mia adolescenza. C'è chi pensa che sia troppo formaggiosa, ma io la trovo perfetta».

«La formaggiosità è la sua caratteristica principale. È buona per questo».

«Sono contenta che ti piaccia. Se fossi stato uno di quelli che non mangia la pizza, non avremmo mai potuto avere un secondo appuntamento».

«Perché? Esiste qualcuno che non mangia la pizza?», domando addentandone un boccone generoso.

«Il mio ex. O meglio, la mangiava se non c'era alternativa, e quelle poche volte che accontentava il mio bisogno di pizza me lo faceva pesare».

«Hai fatto bene a lasciarlo. Chi non ama la pizza, ha qualcosa da nascondere».

«Per questo sono contenta che ti piaccia. Il secondo appuntamento è sempre un'uscita in pizzeria».

«Dovrai dirmi tutto tu degli appuntamenti, visto che io sono stato con la stessa ragazza per dieci anni e che, considerato che andavamo a scuola insieme, non abbiamo mai avuto dei veri primi appuntamenti».

«Non sembri affatto uno che con le donne non ci sa fare, non darmela a bere».

«Attenta!», la correggo. «Non ho detto di non saperci fare con le donne. Ho detto che non ho avuto degli appuntamenti convenzionali».

«Se è per questo, sono tre anni che io non ho appuntamenti convenzionali».

«Quindi non hai nessuno che ti aspetta a Berlino, giusto?», chiedo con malcelato tono indagatore. Potrebbe sembrare inutile fare questo tipo di domanda, a questo punto, ma visto che non ho mai avuto occasione di chiederlo e lei non è mai stata esplicita riguardo alla sua vita sentimentale, vorrei togliermi il dubbio del tutto.

«No. Dopo che io e Franz ci siamo lasciati, per un po' ho voluto stare per i fatti miei e, quando ho pensato di riprendere in mano la mia vita sentimentale, la mia amica mi ha fatto iscrivere a un'app di incontri, ma non ne è venuto fuori niente per cui valesse la pena spendere tempo».

«Niente in tre anni?»

«Se vuoi la verità, io credo che i rapporti umani si siano fatti sempre più veloci e allo stesso tempo egoistici. Non ci si mette più in gioco insieme, non si ha più la pazienza di crescere come coppia, e di far evolvere un rapporto. Ci si vede, se ci si piace si passa una serata a parlare senza ascoltarsi e la volta dopo si salta direttamente al sesso, dopodiché, quasi sempre uno dei due perde interesse. Sono relazioni fast food: servizio veloce, qualità bassa».

«Quello che stiamo facendo ora è l'esatto contrario».

«E credo che sia così che dovrebbe essere. Mi piace stare con una persona che mi ascolta e che a me piace ascoltare perché ha qualcosa da dire e... permettimi la sincerità se dico che Gaia è stata una pazza a tradirti».

«E lasciami dire in sincerità che, se pensi che io ora non abbia voglia di ribaltare questa cassetta con tutta la pizza e saltarti addosso per baciarti fino a domattina, ti sbagli di grosso. Ma non lo farò perché questa pizza è squisita e sarebbe uno spreco».

«Mi sento rifiutata!», ribatte con un finto broncio offeso.

«In realtà ho voglia di baciarti, ma anche di farti stare bene, e questo secondo appuntamento sta piacendo anche a me. Credo che il distanziamento sociale ci stia facendo un favore».

«Si fa presto a confondere l'amore con del buon sesso, ma un rapporto deve nutrirsi anche di altro».

«Di cosa?»

«Per cominciare, di pizza», dice addentando la crosta morbida. «E poi, dell'intesa. Con la maggior parte delle persone con cui sono stata avevo sempre l'impressione di parlare e di non essere capita. Per capire bisogna ascoltare, non solo udire».

«E dimmi, nell'elenco degli appuntamenti, cosa si fa al terzo, quello dopo la cena in pizzeria?», le domando.

«In genere tocca alla serata cinema, quella in cui ti sentiresti obbligato a scegliere un film melenso e sdolcinato ma dentro di te vorresti solo vedere uno sparatutto splatter senza trama».

«Ehi, non vorrai inquadrarmi nel cliché del maschio neandertaliano tutto cazzotti e sparatorie?!».

«Non lo sei?»

«No. E te lo dimostrerò».

24
Didi

«Lui com'è?», mi domanda Camilla sorprendendomi in bagno mentre mi sto lavando i denti.

«Mio Dio! Mi hai fatto prendere un colpo!», esclamo sbavando dentifricio.

«Non mi hai raccontato niente!», mi accusa. Si siede sul water a gambe incrociate a levarsi lo smalto, segno che non ha intenzione di andarsene.

«Perché non c'è niente da raccontare. Abbiamo parlato, tutto qui».

«Ma Alex ti piace, vero?».

Annuisco, con la bocca piena di collutorio. Alex mi piace molto. Mi piace così tanto che stanotte non sono riuscita a dormire per la fretta che arrivasse oggi.

Il modo in cui siamo riusciti a ritagliarci una dimensione solo nostra in un momento in cui sembra che non ci sia spazio per niente e per nessuno, in cui ogni giorno sembra uguale all'altro al punto che si arriva a dimenticare se sia mercoledì o sabato, mi fa sentire viva.

«Si vede», dice Camilla.

«E da cosa?»

«Cammini a un metro da terra e hai la stessa faccia che ho io quando vedo Giacomo».

«Quello della quinta D?»

«Sì. E con il fatto che la scuola è chiusa definitivamente, non lo vedrò mai più perché lui darà la maturità e poi se ne andrà. La scuola non sarà più la stessa senza di lui».

«Mi dispiace che non hai potuto fare la tua festa. E che non hai potuto conoscerlo», le dico in un moto di empatia. Anche io, se a diciott'anni mi fossi vista svanire sotto il naso l'unica possibilità di incontrare da vicino il mio grande amore, sarei caduta nella disperazione. Dal punto di vista emotivo, la quarta superiore è un casino.

«Almeno con l'isolamento non potrà vedere Diletta, questo è quello che conta. Magari si lasceranno».

«Cami! Non sapevo che lui fosse impegnato!», la rimprovero.

«Stanno insieme da *due* settimane», risponde lei in tono grave.

«Accidenti, mi dispiace». Il calcolo della durata di una relazione tra teenager è come l'età dei cani, quindi due settimane sono più o meno come un anno per un adulto. Roba grossa.

«Solo perché lei è quella famosa, a scuola. Ha

già avuto quattro ragazzi, con tre di questi ci è andata a letto e...». Camilla s'interrompe, sconsolata. «Io non voglio darla al primo che passa solo per farmi notare. È per quello che mi servono i follower».

Mi siedo sul bidet accanto a lei, prendendo il dischetto imbevuto di acetone, e l'aiuto a togliere i sei strati di smalto fosforescente. «Tutte abbiamo fatto i conti con "quella famosa", ma sai cosa ho capito? Che se un ragazzo è così pigro da preferire una ragazza facile piuttosto che una da conquistare, non vale il tempo che gli dedichi a stare male. So che adesso ti sembra impossibile, ma troverai di meglio».

«Meglio di Giacomo Valardi?»

«Adesso ti sembra che il mondo sia circoscritto ai muri del liceo, ma non è così. Fidati di me».

«Se una come te riesce a mettersi con uno come Alex, allora ci posso anche credere».

«Come sarebbe a dire, "una come me"?», le dico dandole un pizzicotto.

«Non voglio che ti affezioni troppo a me. Ricordati che rivoglio la mia camera. Adesso vai, sei già in ritardo».

«Accidenti! Le nove meno venti!». Guardo l'orologio e vedo che ho già bruciato dieci dei preziosi sessanta minuti che ci sono concessi sulla terrazza, così corro su tanto veloce che non tocco nemmeno i gradini.

«Eccomi», dico irrompendo in terrazza.

«Iniziavo a pensare che dopo il nostro appuntamento di ieri sera avessi deciso di cancellare il terzo».

«Ho avuto un rarissimo momento intimo e affettuoso con mia sorella, ma con il peggiore tempismo… Però sono arrivata».

«L'importante è quello. Vieni con me», mi dice facendomi cenno di seguirlo intorno al blocco delle scale. Quando giriamo l'angolo, resto a bocca aperta.

«Se cinema dev'essere, che sia il migliore».

C'è un divanetto gonfiabile da piscina, carico di coperte, dietro il quale un proiettore acceso illumina il muro del vano tecnico con un film pronto a partire. «Hai allestito davvero un cinema?»

«Tu ieri hai creato una pizzeria. Mi sembra il minimo». Prende un secchiello rosso e lo piazza al centro del divano. «Ho anche i pop-corn. E le caramelle gommose».

«Tutto questo è molto bello, ma come faremo a vedere un film in meno di un'ora?»

«Ti svelo un segreto: ho messo nella cassetta di Tafazzi la chiave delle cantine, che è molto simile a questa della terrazza».

«Quindi, per lui è come se non ci fosse nessuno, quassù, adesso».

«Esattamente».

«Sei diabolico, lo sai?»

«Il fine giustifica i mezzi», ribatte compiaciuto.

«E quale sarebbe il tuo fine?»

«Riuscire almeno a metterti un braccio intorno alle spalle prima della fine del film».

«Vedremo. Dipende tutto da quale hai scelto», dico sedendomi sul divano ballonzolante e tirandomi la coperta sulle ginocchia.

Alex avvia il proiettore e sul muro compare la scritta *I SOGNI SEGRETI DI WALTER MITTY*. «È il momento giusto per guardarlo».

«Di cosa parla?», gli domando.

Alex si siede accanto a me, a debita distanza ma abbastanza vicino da arrivare al secchiello dei pop-corn. «Walter Mitty è un impiegato di "Life Magazine" dove lavora nell'archivio fotografico. Ha passato tutta la vita a guardare le avventure altrui attraverso i negativi, senza però aver mai vissuto veramente. La sua è una routine vuota, fatta di abitudini e senza ambizioni. Questo lo ha reso un sognatore, che si rifugia nei suoi viaggi mentali ogni volta che ha bisogno di evadere dalla monotonia. Un giorno si ritrova a dover recuperare il negativo di un famoso fotografo esploratore e per farlo sarà obbligato a vivere in prima persona le avventure e a correre i rischi che prima osava solo immaginare».

«Potrebbe piacermi», dico. «Di sicuro più di uno sparatutto, botte e sangue».

«Te l'ho detto che ti avrei dimostrato che ti sbagliavi».

«Aspetta che abbia finito di vederlo, prima di gongolare».

«Shhh». Mi fa il segno del silenzio. «Se parli durante la proiezione, ti buttano fuori dalla sala».

All'inizio, quando vedo Ben Stiller, parto aspettandomi una storia piena di gag e battute comiche, con lui che si trova in situazioni imbarazzanti, invece, via via che il film procede, devo ricredermi e a un certo punto mi sembra quasi di essere Walter Mitty, mentre insegue l'impossibile tra i ghiacci della Groenlandia, i vulcani dell'Islanda e le vette dell'Himalaya. «Qualcosa mi dice che tu ti ci rivedi molto in questo film», osservo.

«Da cosa lo hai capito?»

«Intuito», lo prendo in giro. Allungo una mano scavando nei pop-corn per prenderne una manciata ma, nel farlo, incrocio la sua.

Le sue dita sfiorano le mie, indugiando come se stesse cercando di capire se ritirerò il braccio o no.

Invece rimango lì, con il mio indice che giocherella con il suo a nascondersi e poi a ritrovarsi, finché non finiamo con le dita intrecciate e le mani strette l'una nell'altra, ancora nel secchiello dei pop-corn, come se avessero fatto tutto da sole, ribellandosi al nostro controllo.

E le teniamo così, strette, fino alla fine del film. Mi sono appropriata del calore della sua pelle e della stretta del suo palmo al punto che, se mi prendesse la mano in mezzo a mille persone, saprei dire a occhi chiusi che è lui.

E quando sul muro scorrono i titoli di coda sento una lacrima cadermi lungo la guancia.

«Non provare a dire che non ti è piaciuto», mi dice.

«Grazie», dico senza voltarmi. «Grazie per avermelo fatto vedere. Non lo sapevo, ma ne avevo bisogno».

«Ogni tanto ci serve ricordarci che dobbiamo uscire dalla nostra *comfort zone* e affrontare dei rischi, per vivere la vita al suo massimo. E smettere di aspettare. Se ci pensi, passiamo la vita nell'attesa di qualcosa, perdendoci tutto quello che c'è in mezzo. Poi, momenti come questi, che ti obbligano a metterti in pausa, ti fanno rendere conto che quando hai la vita in mano devi smettere di aspettare che sia venerdì, che arrivi l'estate, che squilli il telefono, che ciò che non ci piace cambi. La felicità la conquisti quando smetti di aspettare e ti prendi il meglio dell'attimo che stai vivendo».

«Quando è stata l'ultima volta che sei uscito dalla tua *comfort zone*?»

«Un giorno, quando sono uscito in terrazzo e mi sono messo a parlare con una sconosciuta».

Fino a oggi non sapevo che ci si potessero dare i baci con gli occhi, ma quello che stiamo facendo ora, in silenzio, a un metro di distanza, è proprio questo.

Il mio sguardo è incatenato al suo, quasi cercassi di entrargli dentro per scoprirgli l'anima, e io mi sento baciata da lui, anche se a sfiorarsi sono le nostre mani.

Quando il proiettore si spegne, restiamo nel buio, e dopo un primo momento di smarrimento ci rendiamo conto di una cosa straordinaria, sopra di noi.

«Si vedono le stelle», dice Alex, sorpreso. E non parla di qualche puntino sparso qua e là. Su di noi si distende una scia luminosa e fitta come non avevo mai visto.

«Il meglio dell'attimo che stiamo vivendo».

25
Alex

La lascio andare via controvoglia, perché anche se abbiamo passato l'ultima ora a guardarci e basta, con gli occhi abituati al buio, ho ancora bisogno di Daiana.

Mi sento come se, dentro di me, avessi sempre avuto un posto per lei.

26
Didi

Sgattaiolo in casa poco dopo mezzanotte e, guarda caso, tutti dormono meno mia sorella.

«Ti sembra questa l'ora di rientrare?», mi domanda appena metto piede in camera facendo scattare l'interruttore.

«Gesù! Tu mi vuoi uccidere». Mia sorella ha questa dote naturale nello spaventare le persone che prima o poi mi costerà un colpo.

«È mezzanotte passata».

«Ti rendi conto che neanche la mamma mi faceva queste appostate quando avevo quindici anni?!».

«Avanti, dimmi cosa è successo! Siete rimasti su delle ore!».

Quando capisco che non mi farà dormire se non le tiro un osso, decido di accontentarla. «Ok, eccoti servita. Abbiamo guardato un film».

«Cccerto. Avete "guardato un film"», ripete mimando le virgolette con le dita.

«Dall'inizio alla fine, con l'attenzione al massimo. Non ci siamo persi mezzo secondo. A letto adesso, avanti».

Lei però non vuole credermi e si mette a torchiarmi, nonostante io mi sia già buttata sulla brandina – con il rischio di chiudermici a portafoglio – e abbia spento la luce.

«Neanche un bacio? Anche a stampo, senza lingua. Avanti, non ci credo!».

«Ci siamo tenuti la mano». E nel dirlo arrossisco, per fortuna che è buio.

«Solo?! Ma non siamo mica nell'Ottocento!».

«Cami, c'è il distanziamento sociale!».

«Pfff, che noia».

«Dormiamo, ti prego», la imploro sperando di aver chiuso la questione. Lei però torna subito all'attacco.

«Didi, posso chiederti una cosa?»

«Anche se ti dicessi di no, me la chiederesti lo stesso, giusto?»

«Sì».

«Dimmi».

«Ma come facevi tu, quando andavi a scuola, a capire se piacevi a un ragazzo? Voglio dire, non avevate i social, non avevate WhatsApp, niente di niente».

«Ci guardavamo».

«In che senso vi guardavate?»

«Guardavi il ragazzo che ti piaceva e speravi che lui ricambiasse lo sguardo. E se succedeva, spostavi subito gli occhi per far credere che stavi fissando altrove. Il periodo migliore era l'estate, con gli occhiali da sole si poteva guardare senza essere visti».

«E basta?»

«Poi c'era il gioco della linguetta della lattina di Coca-Cola. Si prendeva la linguetta e la si tirava avanti e indietro recitando tutto l'alfabeto finché non si staccava e la lettera che avevi pronunciato nel momento che ti era rimasta in mano era l'iniziale del ragazzo che ti ricambiava».

«Molto empirico».

«Oppure esprimevamo un desiderio quando vedevamo i numeri dell'orologio digitale tutti uguali, tipo le "22:22" o le "11:11". Quando s'incrociava l'orologio vedendo i numeri tutti uguali voleva dire che era un segno divino e quindi tutte esprimevamo desideri tipo: "Fa che Luca mi chieda di uscire", o: "Fa che Marco mi scriva un messaggio"».

«E funzionava?»

«Ovviamente no, però era bello crederci». Ed era bello davvero.

«Quindi non sapevate mai con certezza se piacevate a un ragazzo o no?»

«Già, almeno fino al giorno in cui lui si faceva avanti per davvero».

«Sono contenta di essere nata dieci anni dopo di te. Adesso è molto più facile: un like a una foto vuol dire: "So che esisti", due like: "M'interessi", un messaggio privato: "Mi piaci". E in questo modo nessuno deve chiedere numeri di telefono... Sarebbe troppo imbarazzante!».

«A sentirti parlare, Cami, sto rivalutando il coraggio dei miei compagni di classe. Erano degli autentici marines in confronto ai ragazzi di oggi».

«Mi viene l'ansia solo a pensarci. Senza social come farei a stalkerare Giacomo?!».

«Non potresti».

«Sarebbe una tragedia».

«La tragedia vera era cancellare i messaggi. I nostri cellulari avevano una memoria limitata, potevano salvare una ventina di SMS al massimo, quindi ogni mese toccava scegliere quelli da tenere e quelli da cancellare».

«Io non potrei *mai*! Nel cellulare c'è la mia vita».

«Ti assicuro che sono riuscita a sopravvivere lo stesso».

Al che, Camilla accende la luce e si mette a frugare nel cestino della spazzatura accanto alla scrivania.

«Cosa accidenti stai facendo?»

«Sto cercando... questa!». E sventola una lattina di tè dimagrante. «Vediamo se funziona. A, B, C.... Ti prego, rompiti alla G», prega tirando la linguetta su e giù. «Niente da fare, ho perso», si arrende.

«Ritenta, sarai più fortunata. Non si molla al primo giro».

«Tieni, prendila tu», dice lanciandomi la linguetta e ributtandosi a letto.

«Perché?»

«Mi è uscita la A».

Nel buio della nostra cameretta – ho detto nostra? – mi sfugge un sorriso. «Grazie».

«Ehi, Didi». Ancora?! Credevo si fosse messa a dormire.

«Cosa c'è?»

«Perché non torni a casa più spesso da Berlino?».

Già... perché non torno più spesso da Berlino?

27
Alex

Le mie mani tra i suoi capelli, la mia bocca sulla sua, il suo corpo morbido che aderisce al mio come se fosse modellato apposta per incastrarci alla perfezione.

Il sogno che sto facendo è così nitido che posso addirittura sentire il calore della sua pelle e il suo profumo di vaniglia mi riempie le narici… è così reale.

Un momento. Vaniglia? Come, *vaniglia*?!

Apro gli occhi di scatto e mi rendo conto che un corpo, addosso, ce l'ho davvero ma non è Daiana.

È Gaia e non indossa altro che una maglietta striminzita. Sdraiata a cavalcioni su di me, mi sta mettendo le mani dappertutto.

«Cosa stai facendo?!», esplodo spingendola dall'altra parte del divano. «Sei impazzita?»

«Tu sei impazzito!».

«Cosa ti è saltato in mente? Tra noi è finita senza margini di dubbio».

«Lo so che è finita, ma siamo chiusi in casa da settimane fino a non si sa quando, ma siamo esseri umani con sani bisogni sessuali. Tu sei uomo, io donna, potremmo soddisfare le nostre voglie a vicenda».

«Non ho nessuna voglia da soddisfare, men che meno con te».

Lei mi scruta con aria furba. «A guardarti non sembra proprio», ribatte accennando ai miei boxer tesi. «Guarda che non devi vergognarti, è normale. E poi, io e te, da quel punto di vista siamo sempre andati alla grande».

«Forse te lo devo dire meglio: non ti voglio più, Gaia, per me è come se fossi radioattiva, non devi neanche provare a toccarmi».

«Cioè mi stai respingendo?». La sua sicurezza di prima ha lasciato il posto all'offesa. «Sul serio?»

«Ringrazio il notaio, rifiuto il pacco e vado avanti».

«Si può sapere cosa ti prende? Guarda che non ti stavo mica chiedendo di portarmi all'altare, era solo una botta e via».

«Piuttosto che una botta e via con te, me lo taglio», dico alzandomi dal divano. «Vedi di starmi ad almeno un metro di distanza. Anzi, meglio due».

Mi chiudo in bagno per buttarmi sotto la doccia con lei che, fuori, urla: «Vaffanculo, Alex».

Quando esco sul balcone, non vedere Didi sul suo rende peggiore la giornata iniziata già male.

Avrei davvero bisogno di vederla, adesso.

La aspetto per qualche minuto, poi l'impazienza mi spinge a mandarle un messaggio. Che però rimane senza risposta.

Lo so che non può avere visto attraverso il muro quella scena trucida di Gaia che mi si è buttata addosso, ma il mio primo, irrazionale timore è che lei sappia e non sia voluta uscire.

Aspetto un altro po' ma quando, dopo un quarto d'ora, sono ancora solo decido di rientrare.

«Sei tu Alex?», mi domanda una voce maschile roca e biascicata.

Mi volto e sul terrazzo di Didi vedo un signore sugli ottanta, con una nuvola di capelli bianchi, occhiali spessi un dito e la camicia a quadri.

«Sssì, sono io». Rispondo confuso. «Perché?»

«Sono il nonno di Didi. Mi ha detto di dirti che non può uscire». Si avvicina un biglietto a un centimetro dal naso per leggerlo. «Mi ha chiamato il mio capo per fare una riunione urgente su SCHIPE».

«Schipe?»

«*Tel chì!*», dice sventolando il bigliettino. «SCHIPE».

«Skype», dico tra me e me. E tiro un sospiro di sollievo. «Ok, non c'è problema. Grazie mille. Buona giornata», lo saluto.

«Voialtri giovani siete fortunati», ribatte lui,

ignorando il mio congedo. «Vi vedete, vi telefonate, vi scrivete. Ai miei tempi non si poteva, sai?»

«Immagino».

«Mi ricordo ancora quando ho incontrato la mia Marisa. Era il '52, l'Italia iniziava a star bene dopo la guerra, e l'ho vista alla sagra di San Giovanni, il ventiquattro di giugno. Era la più bella della festa e nessuno aveva il coraggio di chiederle di ballare per paura di farsi dire un no».

«E come ha fatto?»

«Ho finto di chiederle il ballo per conto di un mio amico timido che si vergognava a farsi avanti».

Richiudo la porta finestra e mi appoggio al davanzale, per ascoltarlo. «Marisa cosa ha risposto?»

«Ha detto sì. Così le ho risposto: "Vado a chiamare il mio amico", e poi sono tornato a mani vuote scusandomi per lui, che era andato via perché aveva troppo imbarazzo. Così, per non lasciarla senza cavaliere mi sono offerto di sostituirlo».

Hai capito il nonno che ha fatto il furbo?! «Ma questo è sleale!».

«Se non lo avessi fatto, se la sarebbe presa un altro. Quella sera abbiamo fatto tre balli. Modestamente io sono sempre stato molto bravo in pista. Sai quando ci siamo rivisti io e Marisa? Prova a dire».

«La settimana dopo?», tiro a indovinare.

«Alla processione dell'Assunta, il quindici d'agosto».

«Quasi due mesi dopo?!», esclamo.

«Io abitavo a Missaglia, lei a Veduggio, non ci si riusciva a vedere tutti i giorni e allora la macchina ce l'avevano solo i signori. Dovevamo aspettare che facessero delle feste a Monticello per incontrarci».

«E come facevate?»

«Ci scrivevamo le lettere. Un giorno sì e un giorno no, così che il giorno che le scrivevo io, il giorno dopo mi arrivava una lettera sua e quando mi scriveva una lettera lei, il giorno dopo gliene arrivava una mia».

E io che vado in paranoia se Daiana non legge un messaggio dopo cinque minuti. «Avevate della pazienza».

«Scrivere però serviva a riflettere bene sulle parole da usare. Oggi si dice tutto quello che passa per la testa e poi si litiga e ci si pente».

«Questo è vero, l'immediatezza dei mezzi di comunicazione ci ha tolto il tempo di riflettere», concordo.

«E quando ci vedevamo c'era sempre sua madre! Tutte le signorine erano accompagnate».

«Sul serio? Mai da soli neanche un momento?»

«Potevamo stare da soli solo quando ballavamo. E con le mani a posto!».

«Perciò vi vedevate una volta al mese?»

«Una domenica ho fatto una follia. Ho preso il Landini per tirare il carretto della vendemmia e sono andato a Veduggio a trovarla».

«Due cuori e un trattore, che gesto romantico».

«Quando la sera sono tornato a casa, mio padre mi ha dato tanti di quei calci nel sedere che non mi sono potuto sedere per una settimana».

«Ma poi, l'ha sposata la Marisa?»

«Sì. Dopo sette anni di fidanzamento. Prima c'era da fare la casa».

«Quindi per sette anni vi siete visti una volta ogni tanto e vi scrivevate le lettere?», gli domando curioso.

«Proprio così».

«Ma non vi mancavate?»

«Molto, ma l'attesa rendeva l'incontro molto più bello perché lo si voleva davvero. La vuoi una caramella d'orzo?»

«Come se avessi accettato».

«Ma te, allora sei il simpatico della Didi».

«Il simpatico?»

«Sì, la sua simpatia, quello che le fa la corte!», sbotta lui come se fosse perfettamente ovvio.

«Diciamo che provo a corteggiarla, sì. Ma senza le lettere».

«Comportati bene. Io con la Marisa sono sempre stato garbato. E portala a ballare, la Didi. Alle donne piace l'uomo che sa ballare».

«Va bene, signor Farinelli».

«Nonno. Tutti mi chiamano nonno. Il signor Farinelli è mio figlio, adesso».

«D'accordo, nonno».

«Ehi! Le mani a posto, però».

28
Didi

Alle otto mi arriva un messaggio da parte di Alex.

“Vestiti bene che ti porto a ballare. E avverti i tuoi che non torni”.

«Cami», dico a mia sorella mentre mi controllo davanti allo specchio dell’armadio prima di uscire. «Stasera puoi coprirmi con mamma e papà se per caso facessero domande? Di’, che sono già a letto con il mal di testa e non voglio essere disturbata».

«Va bene. Però tu mi fai gli esercizi di tedesco sul *Plusquamperfekt* passivo».

Che scaltra opportunista. Il suo intuito del business deve rendere molto orgoglioso papà. «Affare fatto. Come sto?», le chiedo facendo una piroetta con la gonna che si apre a ruota.

«Uno schianto. Uh… tacchi! Sento che succederà qualcosa», insinua con tanto di occhiolino malizioso. «Hai messo troppo rossetto, scaricalo un po'».

«Ok». Le schiocco un bacio sulla guancia lasciandole lo stampo, tra le sue proteste.

M'infilo nel corridoio dopo essermi assicurata che tutti siano presi dalle loro attività ed esco.

Mi godo ogni gradino, assaporando quel meraviglioso minuto che precede il nostro incontro. E quando arrivo sul *nostro* terrazzo (ho deciso che è nostro) ho le palpitazioni.

Il cuore mi scoppia nel momento in cui apro la porta e vedo Alex in completo da sera. E tutto il resto.

Ha appeso ai fili del bucato delle stringhe di lucine che brillano nel buio, sul parapetto sono appoggiati due bicchieri e un secchiello con il vino e da una piccola cassa portatile Gianni Morandi canta *In ginocchio da te*.

«E tutto questo?», gli domando stupita.

Lui viene verso di me tendendomi il bicchiere in cui trottola un turbine di bollicine. «Un vecchio saggio mi ha detto che alle donne piace che un uomo le porti a ballare. È così che si fa la corte come si deve, no?»

«È perfetto».

Alex mi tende la mano, accennando un piccolo inchino. «Saresti così gentile da onorarmi con questo ballo?»

«Lo sai, vero, che per ballare non possiamo mantenere il metro di distanza?», gli ricordo. «E se fossimo asintomatici?»

«Di una cosa sono sicuro. Sono sempre stato innamorato, ma asintomatico. Fino a oggi».

«E che sintomi hai avuto?», gli domando appoggiando il bicchiere per la paura di farlo cadere da quanto mi sento le dita molli.

«Agitazione diffusa all'idea di vederti».

«Mmm, agitazione. Anche io. Strano». E il mio piede destro scatta in avanti senza che possa fermarlo.

«Nausea e malessere generale quando non sei potuta uscire in terrazzo». Anche Alex fa un passo verso di me.

«Pure io, ho provato un malessere generale quando è saltato il nostro appuntamento», mi muovo ancora verso di lui. «Molto strano. E poi?».

«E poi, tachicardia quando ti ho visto arrivare un minuto fa». Ancora un passo. Ormai il metro tra di noi si è ridotto a pochi centimetri.

«Ancora più strano. Anche io ho il batticuore. Senti?», dico prendendo la sua mano e portandola al mio petto. «Forse ero asintomatica anche io».

Alex mi attira a sé, portando le sue mani intorno alla mia vita, facendomi ondeggiare con lui. «Allora siamo contagiati tutti e due».

«Ora stiamo decisamente infrangendo le regole», dico con la testa sulla sua spalla.

«Nel secchiello del ghiaccio ho un flacone di Amuchina d'annata e delle salviette igienizzanti».

«Tu sì che sai come dare quel tocco di romanticismo in più».

Gianni Morandi lascia il microfono a Gino Paoli e a *La gatta*. «Non sapevo che ti piacesse la musica italiana anni Sessanta».

«Non si può fare la corte come si deve con Lady Gaga e Gigi D'Agostino», dice facendomi piroettare. «Non credi?»

«Dopo cosa ascoltiamo? Johnny Dorelli o Piero Focaccia?»

«Non te lo dico, non sarebbe una sorpresa».

«Tanto perché tu lo sappia, stasera ti concederei anche *Bandiera Gialla*!».

«Accidenti», esclama con un finto tono dispiaciuto. «L'unica che non ho nella playlist».

«Ti va di spiegarmi perché avrei dovuto dire ai miei genitori che non sarei rientrata?»

«Perché ho intenzione di guardare il cielo stellato con te tutta la notte e di vedere l'alba sorgere su Milano».

«È un sacco di tempo».

«Non è niente in confronto a quello che ho intenzione di passare con te quando tutto questo sarà finito».

«Alex, non dirmi queste cose solo perché adesso non ti costano nulla. Sono così abituata a non farmi illusioni che stavolta ho voglia di crederci davvero».

«Non ho mai desiderato qualcosa così tanto». Lui preme il viso sulla mia testa e inspira forte. «Finalmente so che profumo hai».

«Che profumo ho?»

«Uno di quei profumi che ti fanno stare bene dentro quando li senti».

«Ti senti bene, adesso?»

«Molto. Tu?»

«Non sono mai stata così contenta che la Lufthansa abbia cancellato il mio volo come adesso».

Una ragazza in due cede il palco a una canzone che mi buca il cuore: *Legata a un granello di sabbia*.

«Hai gli occhi lucidi», osserva Alex alzandomi il viso verso il suo.

«Lo so. Mi succede sempre quando la sento».

«È un brutto ricordo?»

«No, in realtà è bellissimo, ma è così lontano che ormai è sfocato. Più che un ricordo è un'emozione che m'investe con violenza già alla prima nota. Me la cantava la nonna da piccola e ogni volta che la sento mi commuovo. Scusa», dico con il naso congestionato e la gola stretta. «Di solito non sono così... emotiva».

«Sei ancora più bella quando mostri la tua vulnerabilità. *Ti voglio cullare, cullare, posandoti su un'onda del mare, del mare, legandoti a un granello di sabbia così tu, nella nebbia, più fuggir non potrai e accanto a me tu resterai...*», canticchia con voce leggera al mio orecchio.

«Sai, adesso vorrei davvero poterti baciare», sussurro.

«Abbiamo già infranto tutte le regole. Una in

più non fa differenza». Alex si china su di me, con i nostri visi che si sfiorano, e la sua bocca che cerca la mia.

Quando mi trova, mi sfugge un sospiro da quanto non mi sembra vero che stia succedendo. So che non dovremmo, ma niente mi è mai sembrato tanto giusto come questo bacio, in questo momento.

Le mie labbra lo invitano ad approfondire il bacio e a scoprirmi, mentre abbandonati uno nelle braccia dell'altra ci ritagliamo un pezzo di notte solo nostro, in cui nessuno può entrare.

«Allora, quell'anziano saggio aveva ragione riguardo al fatto che per corteggiare come si deve una donna bisogna portarla a ballare», mormora sulla mia bocca.

«Toglimi una curiosità: l'anziano saggio è mio nonno?»

«Sì, perché?»

«Perché oggi pomeriggio, mi ha detto di aver conosciuto "il mio simpatico"».

«È lui. E mi ha raccomandato anche di tenere le mani a posto».

«Sì, tieni le mani a posto», gli dico portandogliele dalla mia vita giù ai fianchi. «Ma non troppo, però».

29
Alex

«C'è anche un'altra sorpresa», le dico quando abbiamo ballato così tante canzoni che non sentiamo più le gambe. Saremmo l'orgoglio di tutte le balere della Romagna.

«Un'altra?»

«Sì, ma prima che tu possa pensare male ti dico che è una cosa che ho pensato senza malizia e unicamente per tenerti comoda e al caldo».

«Alex Baraldi, meno parole e più fatti. Tutte queste premesse non fanno altro che alimentare i miei sospetti».

La guido nell'angolo accanto al vano delle scale, dove le mostro la mia pensata. «Visto che l'idea era guardare insieme l'alba, ho pensato di farlo nel modo più confortevole possibile».

«Hai montato una tenda sul tetto?». Per fortuna nel suo stupore sento più divertimento che rimprovero.

«E ho portato i sacchi a pelo. Due», specifico. «Ognuno nel suo».

«Mi stai dicendo che non hai pensato neanche un attimo alla possibilità che ci darebbe l'intimità di una tenda?», domanda in tono malizioso.

«Se dicessi di no sarei un bugiardo...».

«Ma...».

«Ma se abbiamo saputo aspettare fino adesso mettendo davanti al desiderio fisico quello di conoscersi più profondamente, credo di poter arrivare senza problemi a domattina stringendoti e basta».

Daiana aggrotta la fronte, contrariata. «E neanche un bacio?»

«Be', sì, magari un bacio sì».

«Due?».

«Ho campeggiato ovunque ma mai su un tetto di Milano», le dico mentre siamo abbracciati a cucchiaio, ognuno nel suo sacco a pelo.

«Questo è il mio primo campeggio in assoluto. Ma se è così, mi piace».

«Allora, dobbiamo rimediare il prima possibile. Magari non partiamo da una meta estrema tipo il Perù, l'Isola d'Elba sarebbe perfetta come battesimo».

«Sai, mi sta venendo voglia di tornare in Italia».

«Da quanti anni sei a Berlino?»

«Quattro, quasi cinque».

«Come mai sei partita?»

«Quando ho iniziato l'università avevo molti compagni fuori sede che vivevano da soli, mentre io stavo qui con la mia famiglia. Invidiavo loro l'indipendenza, la libertà, il fatto di non dover rendere conto di ogni minuto della loro vita, e il non ritrovarsi sempre una sorella di tredici anni che monopolizzava la casa. Quando ho intravisto l'occasione di andarmene, l'ho colta al volo, solo che in queste settimane ho avuto modo di riflettere. Il nonno non è eterno, è l'ultimo che mi è rimasto quindi vorrei godermelo un po' di più che durante le brevi e saltuarie visite di Natale e Pasqua. Mia sorella sta diventando grande ma solo ora mi rendo conto che io e lei non abbiamo mai avuto un vero rapporto e non voglio che sia troppo tardi. E poi ci sono mamma e papà con tutti i loro difetti e i loro limiti, a cui sono legatissima. E perché l'Italia mi manca ben più di un piatto di pasta al dente».

«Da figlio unico ti posso dire che avere un fratello o una sorella mi sarebbe piaciuto. Qualcun altro con cui condividere l'adorabile svitatezza della propria famiglia e in grado di capire cose che altri non capiranno mai».

«E poi adesso c'è questo ragazzo che ho conosciuto che mi piacerebbe vedere più spesso».

«Credo di poter dire in tutta sicurezza che quel ragazzo sarebbe più che felice di venire a trovarti a Berlino ogni volta possibile».

«COSA CI FATE VOI DUE QUI?!», ci sorprende una

voce baritonale seguita da una torcia che ci abbaglia. L'improvvisata ci fa saltare a sedere e io ci metto qualche secondo prima di focalizzare chi abbiamo davanti.

Di fronte alla tenda c'è un uomo tarchiato, in pigiama e ciabatte, con i capelli sparati per aria. «Geometra Tafazzi?»

«Voi chi siete? Degli abusivi? Qualificatevi o chiamo i carabinieri!».

«Alex Baraldi, 3B. Non volevamo fare niente di male».

Tafazzi m'illumina di nuovo con la torcia per poi passare a Didi. «Lei?»

«Daiana Farinelli, 3A».

«La figlia di Farinelli?! Ma non si vergogna?!».

«Scusi, vergognare di che? Non stavamo facendo nulla», intervengo.

«Ci sono delle regole. E io intendo farle rispettare. La terrazza doveva essere usata un condomino per volta per massimo un'ora al giorno, poi vengo su e trovo un accampamento, con musica, tende e magari anche della droga. Siamo in un condominio rispettabile, non a Woodstock!».

«Droga? Quale droga?», domando.

«Lo so come siete fatti voi sovversivi, ma vi sistemo io. Via di qui! Da oggi la terrazza torna a essere zona vietata. Se le regole non le capite da soli, ve le faccio entrare in testa io. Guarda questo, che capelli. Io ti manderei a fare il militare,

Baraldi, vedresti come ti passerebbe la voglia di fare l'alternativo! Disciplina!».

«Volevamo solo guardare l'alba, mica chissà cosa», obietta Daiana.

«L'alba! Sapete chi guarda l'alba? Quelli che non hanno niente da fare. Farinelli, torni a casa sua. Baraldi, sbaracchi la tendopoli che non ho tempo da perdere con voi e le vostre fumisticherie».

30
Didi

«Ma cosa ti è saltato in mente, Didi?!», sbotta mia madre appena mi vede entrare in casa. «Ci facciamo parlare dietro da tutto il condominio?»

«Ero andata a vedere le stelle, tutto qui».

«Adesso si chiama andare a vedere le stelle».

«Ho l'aria di una che mente?»

«E tu», passa a mia sorella, puntandole l'indice in faccia. «Tu sapevi e non hai detto nulla?»

«Non dirò niente se non in presenza del mio avvocato».

«Non m'interessa, ho già deciso: festa di compleanno annullata».

«Ehm, mamma, il mio compleanno era tre settimane fa», le fa notare Camilla.

«Quello dell'anno prossimo!».

«Eh sì, Cami», si aggiunge papà. «Mi dispiace ma niente Ibiza».

«No, Ibiza no!», protesta mia sorella.

«Diventeremo lo zimbello del palazzo. Con che

coraggio guarderò in faccia i vicini alla prossima riunione di condominio».

«Mamma, la stai facendo più grossa di quello che è, nessuno ha visto e sentito nulla, non c'era pubblico pagante a vedere la scena e posso garantirti che il nostro cognome è ancora rispettabile», dico alzandomi dal divano. «Ora, se non vi dispiace, chiuderei qui il processo di Norimberga e andrei a letto».

Una volta in camera, è il turno di Camilla. «Davvero avete guardato solo le stelle?»

«Sì, Cami».

«E basta?»

«In verità... ci siamo baciati», le confesso imbarazzata come se la sorella minore fossi io.

Lei si mette ad applaudire saltando da un piede all'altro. «Sììì! Finalmente! È bravo? Bacia bene? Avete usato anche le mani...».

«Questi», dico spingendola a letto, «sono dettagli privati».

«Lo prendo come un sì a tutto».

«C'è solo una cosa che non capisco... Come ha fatto Tafazzi a beccarvi?»

«Non ne ho idea. Si è presentato in terrazza all'improvviso con tanto di torcia stile guardia giurata».

«Perché non è normale che si sia svegliato alle tre di notte pensando che ci fossero due persone, sul tetto, a guardare le stelle. Abita al secondo piano, non ha mica le antenne!».

«Non lo so, forse qualcuno ci ha visti e ha fatto la spia».

31
Alex

Quando rientro nell'appartamento, rimango pietrificato nel vedere Gaia sveglia, seduta al bancone della cucina con l'aria di chi mi stava aspettando.

«Buonanotte. O dovrei dire buongiorno, vista l'ora», mi saluta con un tono che non mi piace per niente.

«Vuoi qualcosa?»

«Solo vedere la tua faccia abbacchiata».

«Prego?».

Gaia giocherella con una ciocca di capelli in un gesto da finta innocente. «Io ho notato che da un po' di tempo c'era qualcosa di strano in te: tutte quelle uscite in balcone, le serate sulla terrazza condominiale, cose che non hai mai fatto prima. E ne ho avuto la conferma stamattina quando mi hai respinta».

«Ancora con quella storia? Fattene una ragione. Non sono un animale che lo infila in ogni buco che trova; non ti voglio più, in ogni senso possibile».

«Per questo ho voluto andare a fondo e quando ieri sera sono salita in terrazza a sbirciare cosa stessi facendo da due ore e ti ho visto con la figlia dei vicini, ho capito: Alex Baraldi si era fatto una tresca segreta».

«Tu ci hai spiato?», domando a denti stretti mentre sento montare dentro una rabbia bruciante.

«Sembra proprio che tu abbia infranto le preziose regole di Tafazzi. Qualcuno doveva avvertirlo». Più Gaia parla più sembra compiaciuta.

È stata lei. Dovevo immaginarlo che avesse allertato Tafazzi per puro sadismo. «Mi fai schifo».

«Cos'è la tua? Una vendetta per aver scoperto di me e Giampaolo? Credi di farmi ingelosire sbattendoti quella lì? Non scherzare, tra me e lei non c'è paragone».

«Io non mi sbatto nessuno. *Tu* forse ti fai sbattere. E no, infatti, tra voi due non c'è proprio paragone. Daiana è una bella persona dentro e fuori, tu invece sei solo un bel bidone pieno di spazzatura: falsa, invidiosa, arrivista e prevaricatrice».

«Sono la persona con cui sei stato per dieci anni».

«No, tu non assomigli più neanche un po' alla ragazza con cui mi sono messo dieci anni fa e una così, come te, non mi piace e non la voglio».

«Tutti mi vogliono. Lo sai cosa mi scrivono in privato sui social i ragazzi? Vuoi che ti legga qualche messaggio?»

«No, grazie. Posso facilmente immaginare cosa può scriverti chi guarda i primi piani del tuo sedere e, credimi, non è amore quello che provano per te. Solo un'erezione che dura il tempo di una sega. Non credere che perdano il sonno a pensarti».

La mia battuta smonta il suo momento di gloria. «Sai cosa? Tieniti la tua bambolina di porcellana. Quando ti sarai stufato, tornerai da me».

«Mi sento di andare sul sicuro dicendo che non c'è pericolo. Ma mentre aspetti che io torni, goditi la fama che ti piace tanto finché ce l'hai perché potrebbe non durare. Come tutte le cose costruite sul nulla, ci vuole un attimo a spazzarla via».

32
Didi

A svegliare la casa è Camilla, che strepita paonazza di rabbia.

«Brutta stronza, falsa, bugiarda!», urla riducendo in coriandoli un manuale di fitness.

«Cami, che problema c'è?»

«La odio, mi ha preso in giro, è una truffatrice!», continua senza rispondere alla mia domanda.

«Chi è una truffatrice? Abbi pazienza, ma svegliarsi così è un trauma», brontolo tirandomi il cuscino sulla testa.

«*Io* ho avuto il trauma. Io ho creduto ciecamente in una persona e ora mi accorgo di aver sempre riposto la mia fiducia in una doppiogiochista!».

«Hai scoperto che una delle tue migliori amiche ha una storia con Giacomo della 5D?», domando ventilando l'ipotesi più nefasta che mi viene in mente.

«Peggio!».

Peggio?! Non oso immaginare niente di peggio. «Che problema c'è? Vuoi parlarne?», mi arrendo, alzandomi a sedere.

Camilla si butta accanto a me con una forza tale da far stridere le molle della rete. «Guarda», dice mostrandomi il cellulare.

In realtà non so bene cosa devo guardare, perché mi ha piazzato davanti il video di una tizia che mangia hamburger, patatine fritte e beve Coca-Cola. «Prima del caffè fatico a metabolizzare le informazioni. Cosa c'è di strano in questo video?».

«Lei è Gaia, di *FitWithGaia*. E sta mangiando del fast food, capisci?!».

«Sì», raccolgo la frase in attesa di approfondire la cosa.

«E Gaia dice sempre di mangiare sano, pulito, privilegiare i prodotti vegetali, bio e a chilometro zero. E qui si sta strafogando di schifezze!».

«In effetti è un po' incoerente».

«E poi c'è questo!». Camilla apre un altro video da una pagina social di gossip trash. «Questa è lei che sta promuovendo il tè dimagrante che dice sempre di bere, ma che poi lo versa nel lavandino». Il video è chiaramente un pezzo tagliato da un'altra ripresa e, con la naturalezza di chi pensa di non essere visto, Gaia butta il contenuto verdastro del bicchierone nel lavello, borbottando un "melma vomitevole" dopo aver sputato il sorso che teneva in bocca.

«Ops», dico con un sorrisetto malefico che mi tende le labbra.

«Qualcuno ha caricato sul suo profilo questi video "dietro le quinte" e stanno facendo il giro del web. In due ore Gaia ha perso metà dei suoi follower. È una falsa raccontaballe e mi sento una stupida ad aver comprato le barrette che pubblicizzava, i sostitutivi del pasto delle sue sponsorizzazioni e quei tè schifosi. Sono melma vomitevole ma io li bevevo davvero, perché credevo lo facesse anche lei! Ora giro questi video a tutte le mie amiche, le farò perdere la faccia!».

Mai perdere la fiducia di un adolescente.

Delle urla in strada attirano la nostra attenzione, così ci affacciamo alla finestra per vedere cosa stia succedendo e la scena davanti ai nostri occhi è ancora più ridicola.

33
Alex

Sistemo l'ennesima sacca accanto alla porta insieme alle altre, soddisfatto del mio lavoro.

«Te ne vai di nuovo? Spero che la tua fuga, oggi, abbia più successo della prima», mi saluta Gaia entrando in cucina.

«Oh, no. Non me ne vado io. Te ne vai tu».

«Nei tuoi sogni, Alex». Del tutto indifferente a ciò che sto facendo, prende Nutella e fette biscottate e si mette al bancone a fare colazione. «Quante notifiche che ho ricevuto. Lo vedi, tutti mi cercano!».

"Come no", penso tra me e me.

«Un momento… cosa vuol dire che ho solo centocinquantamila follower! Instagram è impazzito! Qualcosa non va!».

«Controlla gli ultimi contenuti che hai postato», le suggerisco.

Lei apre il primo video e il suo viso si scioglie in una smorfia tipo *Urlo* di Munch. «Io non ho mai postato questo video! Come accidenti è finito qui?!».

«Vedi», le dico, «hai sempre avuto questo brutto vizio di fare i back-up delle *tue* registrazioni sul *mio* computer, dove ci sono tutti i video integrali di te che mangi schifezze, che butti nel lavello i tè dimagranti per le cui sponsorizzazioni ti fai pagare e le foto non ritoccate».

«Tu», ringhia picchiando il pugno sul tavolo. «Le hai pubblicate tu! Io ti denuncio».

«Sono sul *tuo* account quindi risulta che sia tu ad averle pubblicate. La prossima volta che ti connetti dal mio portatile ricordati di fare il logout». Stavolta sono io quello che ha il coltello dalla parte del manico. «Ricordi le mie parole di stanotte? La fama costruita sul nulla ci vuole un attimo a spazzarla via. Come diceva Bud Spencer: "Non c'è cattivo più cattivo di un buono quando diventa cattivo". E tu ce l'hai messa tutta per tirare fuori la mia cattiveria».

La risposta di Gaia è tirarmi un piatto che schivo all'ultimo secondo e che va a frantumarsi contro il muro. «Bastardo». A quello ne segue un secondo e un terzo finché il pavimento è seminato di cocci.

Dlin dlon. La sua ira funesta è interrotta solo dal suono del citofono. Apro il portone senza nemmeno guardare chi è.

«Ora che ti sei sfogata, Gaia, è il momento di levare le tende».

«Io non vado proprio da nessuna parte».

«Scommetti?», dico io aprendo la porta dell'appartamento.

«Buongiorno, Baraldi».

«Buongiorno, agente Masetti. Agente Pasini. Come andiamo?»

«A noi risulta la segnalazione di una persona fuori dalla sua residenza. È così?», mi chiede Pasini.

«Affermativo», rispondo.

«Questo è contrario alle disposizioni del governo riguardo alla quarantena».

«Infatti, agenti. Vi ho chiamato per provvedere».

«Di chi si tratta?», domanda Masetti.

«La qui presente Gaia Caselli», dico indicando la mia ex, ancora furibonda.

«Ma che cazzo dici, Alex? Sei deficiente?»

«Eh, signorina, tono! È in presenza di due pubblici ufficiali in servizio. Dove è residente?»

«Qui, perdio! È casa mia, abito qui!».

Pasini aggotta la fronte non convinto. «Potrebbe mostrarci la sua carta di identità, per cortesia?»

«Dite sul serio? Date retta a quello lì?»

«Signorina, poche chiacchiere, che noi dobbiamo lavorare. Favorisca i documenti».

Gaia prende la carta d'identità dalla borsa e la allunga in malo modo a Pasini. «Dunque, Gaia Caselli, nata il blablabla a blablabla residente in via… Eh, no, signorina, non ci siamo. Qui dice che lei è residente in via Pisacane, a Rozzano».

«Sì, era dove abitavamo prima. Ci siamo trasferiti qui sei mesi fa solo che non ho ancora fatto lo spostamento di residenza».

Masetti scuote la testa. «Non ci siamo. Lei attualmente figura fuori dalla sua residenza».

«Ma è solo una questione burocratica. Io vivo già qui, con lui».

«Signor Baraldi», mi chiama Pasini. «È vero quello che dice la signorina Caselli? Che abitate qui insieme?»

«Chi? Lei? Non l'ho mai vista in vita mia, non so neanche chi sia. Dev'essersi persa. Anzi, se foste così gentili da accompagnarla alla sua legittima residenza, fareste un favore a entrambi. Le ho anche già preparato l'autocertificazione», dico porgendo il foglio a Pasini. «Stampato fresco stamattina dal sito del ministero. Va bene?»

«È perfetto. Ci segua, signorina Caselli», la invita a uscire Masetti.

«Ma voi tre siete fuori di testa! Io non vado da nessuna parte», protesta lei.

«Non ci costringa a farle un verbale», la minacciano. «Se si opporrà alla scorta alla sua residenza, dovremo andare in Questura».

«Pensaci, Gaia. Potrebbe essere la tua svolta, otterrai sempre quello che hai voluto: i giornali parleranno tutti di te».

«Sei un bastardo!», ringhia inferocita.

«Te l'ho detto: occhio per occhio, dente per dente. È il Codice di Hammurabi, bellezza».

«Venga con noi, avanti», le ordina Pasini, «non abbiamo tempo da perdere». E mentre loro la scortano per le scale urlante, Masetti si volta verso di me, strizzandomi l'occhio. «Baraldi, fai cambiare la serratura».

«Grazie, Masetti».

«Dovere».

Faccio giusto in tempo a voltarmi che vedo una palla di pelo bianca piovere dalla finestra. Leoncavallo. Ancora lui.

34
Didi

Mentre sono affacciata al balcone a guardare Gaia che viene caricata in auto dalla Municipale, un *miaaaaaoooo* disperato attira la mia attenzione.

Il gatto di quella del piano di sopra è di nuovo caduto dal davanzale.

«Leoncavallo bisognerà metterti una corda da bungee-jumping, una di queste volte», dice Alex, che è uscito a recuperarlo.

«È una mattinata movimentata o sbaglio?», gli domando.

«Diciamo che ho iniziato le pulizie di primavera».

«Sembra che tu abbia usato le maniere forti».

«Contro lo sporco ostinato l'olio di gomito non basta». Alex sospira chinando la testa. «È stata lei a dire a Tafazzi che eravamo sul tetto. Se l'è presa perché in un suo tentativo di riavvicinamento l'ho respinta e ha voluto vendicarsi.

Sono stato moralmente obbligato a rispondere al fuoco».

«Per caso la tua vendetta c'entra qualcosa con il fatto che mia sorella stia buttando nel water tutti i tè dimagranti sponsorizzati da Gaia?».

Alex alza gli occhi cercando una risposta nel cielo terso. «Forse...».

«Ora che ci hanno tolto il tetto dobbiamo tornare al vecchio metodo dell'appuntamento in terrazzo. È stato bello finché è durato».

«Sì, potremmo tornare al vecchio metodo, oppure...».

«Oppure?»

«Io adesso ho la casa *mooolto* libera, e tu avresti lo spazio per fare tutto lo yoga che ti serve».

«Alex Baraldi, il tuo è un invito a continuare la quarantena insieme, per caso?».

Lui si appoggia alla balaustra, sporgendosi verso di me. «Dobbiamo ancora vedere l'alba insieme. Magari domani sarà un giorno migliore, e se non domani, dopodomani ancora. Ma insieme, arriverà prima».

«Non devi dirmi altro», rispondo. «Dammi mezz'ora».

35
Alex

Mentre aspetto che Didi bussi alla mia porta rimango in terrazzo, a godermi il calore del sole sul viso e sentendo scoppiarmi nel petto qualcosa di molto simile alla felicità. Un'esplosione a colori.

«Ué, giovanotto», mi chiama una voce dal balcone di Daiana.

«Buongiorno, nonno!».

«Sei il simpatico della Didi, te?». Mmm, mi sembrava di aver già risposto a questa domanda.

«Sì, sono il simpatico di Didi».

Lui punta l'indice verso di me, con fare minaccioso. «Mani a posto, eh! Mi raccomando».

«Mani a posto, nonno. Lo prometto».

Ma non troppo.

Epilogo
Didi

Qualche mese dopo

«Il mio castello è più bello del tuo», esclamo orgogliosa della mia costruzione di sabbia.

«Scusa?! Il mio ha anche le mura di cinta e il ponte levatoio!», protesta Alex.

«Ma io ho fatto la torre di avvistamento».

«Ok, te lo concedo, è un bel castello. Però ti manca questa». Alex prende lo stuzzicadenti con la bandierina dal cartoccio delle nostre piadine e lo piazza sulla mia torre. «Adesso sì che è completa».

Ci sdraiamo sul telo, io con la testa appoggiata sul suo petto inspiro forte per riempirmi i polmoni del profumo del mare.

«Sabato prossimo, a Sestri, gara di lancio dei sassi: chi perde paga la focaccia», dico.

«Sai benissimo che perderò apposta per farti vincere».

«Non perderai apposta», lo contraddico baciandolo. «Perderai perché a lanciare i sassi fai schifo».

Restiamo in silenzio, abbracciati, sulla spiaggia deserta con solo il rumore delle onde che s'infrangono sulla battigia a riempire l'aria.

Il tempo è passato, la quarantena è finita e noi siamo scappati al mare, come ci eravamo promessi.

Sembrava che non dovesse mai arrivare quel giorno migliore, ogni mattina a guardare l'alba insieme, sperando che fosse quella buona.

E se non lo era, aspettavamo quella dopo.

E quella dopo ancora.

Finché non è arrivato.

Siamo tutti usciti di casa piano, quasi per paura che non fosse vero, guardandoci con gli occhi del "Ma sta succedendo sul serio?".

Sì, stava succedendo ma c'era qualcosa di diverso nell'aria, era lo stupore della normalità, l'accorgersi di tutto ciò che prima si dava per scontato; perché quando la vita cambia, si osservano le cose in modo diverso.

La libertà di uscire e la bellezza di tornare.

Poter stringere chi si ama, senza la paura di nuocergli.

Andare allo stadio.

Cantare quella canzone che ci piace quando passa in radio, in macchina, a squarciagola.

Svegliarsi con la voglia di fare qualcosa.

Festeggiare un amico che raggiunge un obiettivo.

Imparare il valore di un *grazie*.

E poi, passeggiare mano nella mano, mangiare una pizza o andare al cinema a vedere un film.

Anche se noi due, i film, continuiamo a guardarli sul tetto.

Ringraziamenti

Questi sono ringraziamenti tanto difficili, quanto speciali.

Al di là delle persone che amo e che spero stavolta non si offendano se non mi dilungherò a citarli uno per uno, il primo grazie va a tutti i medici, gli infermieri, gli operatori sanitari, le forze dell'ordine, chi lavora per fornire ai cittadini i servizi e i beni di prima necessità e tutti coloro che stanno sostenendo il Paese, in prima linea durante l'emergenza Covid-19.

Ringrazio le amiche Giulia e Lea perché sono una fonte di spunto e confronto costante e Azzurra che mi ha sostenuta con una fiducia sconfinata.

Grazie a Newton Compton per avermi dato questa possibilità.

Se in questi giorni un po' così hai voglia di vedere un film che ti dia serenità, fatti un regalo, guarda *I sogni segreti di Walter Mitty*.

#andràtuttobene

Felicia

Playlist

Come ogni volta, al termine della storia ti lascio la lista delle canzoni che me l'hanno ispirata e che mi hanno accompagnata nella stesura.

Stavolta, in particolare, sono canzoni che mettono di buon umore e spero che ascoltarle ti dia un po' di gioia e serenità.

La trovi anche sul mio account Spotify: Felicia Kingsley A.

1) *Ringo Starr*, Pinguini Tattici Nucleari
2) *Domani*, Finley
3) *Step Out*, Josè Gonzales
4) *L'estate di John Wayne*, Raphael Gualazzi
5) *Stay Alive*, Josè Gonzales
6) *In ginocchio da te*, Gianni Morandi
7) *Una ragazza in due*, I Giganti
8) *La gatta*, Gino Paoli
9) *Legata a un granello di sabbia*, Nico Fidenco
10) *Un giorno migliore*, Lunapop
11) *Grazie mille*, 883

Indice

Felicia Kingsley

Ti aspetto a Central Park

Volume di 480 pagine, euro 9,90

Knight Underwood ha tutto: un elegante loft nell'Upper East Side, una fila di donne alla porta e il lavoro dei suoi sogni. O quasi. È l'editor che detiene il record di bestseller pubblicati dalla Pageturner Publishing e la promozione a direttore editoriale è dietro l'angolo. Purtroppo, non ha fatto i conti con quella che è destinata a diventare la sua spina nel fianco: Victoria Wender. Anche lei è un'ottima editor e le case editrici di tutto il Paese hanno fatto a gara per averla: non solo ha scommesso sul romance, ma ha trasformato la sua autrice di punta, Miranda Stoller, nella regina delle vendite. Victoria è appena atterrata a New York dal Texas ed è pronta a rivoluzionare il catalogo della Pageturner per consolidarne il traballante bilancio. Ma... non con l'aiuto di Knight! Lui non ci sta ad arrivare secondo, detesta il romance, ed è deciso a riprendersi il posto che gli spetta in ogni modo, lecito o meno. Victoria non è una che si ferma al primo ostacolo, è del tutto immune al suo fascino ed è pronta a fargli sudare tutte le sue costose camicie. Tra sabotaggi e schermaglie, però, Knight e Victoria vengono a conoscenza di un segreto che potrebbe mettere a rischio le loro carriere. E da rivali giurati potrebbero doversi alleare per salvare la casa editrice. Non è impossibile, dovranno solo sopportarsi per un po'... o no?

NEWTON COMPTON EDITORI

Felicia Kingsley

Non è un paese per single

Volume di 384 pagine

Belvedere in Chianti, piccolo borgo sulle colline toscane, dove abbondano ulivi e vigne ma di scapoli nemmeno l'ombra, è in fermento: Charles Bingley, nipote del defunto conte Ricasoli, sta arrivando dall'Inghilterra per prendere possesso dell'eredità, la tenuta Le Giuggiole. La notizia ha scatenato le potenziali suocere, disposte a tutto pur di sistemare le figlie con Charles o con il suo altrettanto affascinante, ricco e single amico Michael D'Arcy. A chi, invece, questa caccia al marito non interessa, è Elisa, amica d'infanzia di entrambi i giovani, con i quali passava tutte le estati alla tenuta, dove ora vive e si occupa con passione della vigna e della produzione del vino. Mentre tutte le ragazze di Belvedere si contendono i due appetitosi single, Elisa cerca di capire cosa ne sarà della tenuta, dato che Charles e Michael sembrano arrivati in Toscana con intenzioni poco chiare. Sono passati molti anni da quando lei e Michael erano compagni di giochi, la vita li ha cambiati e molti segreti si sono annidati tra le pieghe del tempo, che però sono sempre più difficili da nascondere. Possibile che due amici affiatati come loro possano ritrovarsi nemici? E se tra bicchieri di Chianti, scorpacciate di pappardelle e molti malintesi Elisa e Michael finissero a fare i conti con sentimenti tanto forti quanto imprevisti e forse impossibili da reprimere? A Belvedere, terra di pettegolezzi, tutti vogliono sapere...

NEWTON COMPTON EDITORI

Felicia Kingsley

Il mio regalo inaspettato

Volume di 256 pagine. Euro 3,90

È la Vigilia di Natale e anche a Dunfermline, in Scozia, fervono gli ultimi preparativi. Per Freya, responsabile delle consegne per il sito di e-commerce Amazing, è stata la settimana più faticosa dell'anno, ma finalmente anche questa giornata di lavoro può dirsi conclusa e lei può sognare un bagno rilassante. Solo che, al momento di tirare giù la saracinesca del magazzino, Freya si accorge che uno dei carichi non è mai partito: i membri del suo staff hanno riempito per errore il baule di un furgone guasto. Come potrà giustificare il fatto che decine di persone in città non riceveranno in tempo i loro preziosi regali di Natale? Impossibile. Così Freya si mette subito all'opera, sposta i pacchi su un altro furgone e si improvvisa un Babbo Natale-corriere d'eccezione. E forse potrebbe anche farcela, se non fosse che, rimasta senza benzina in mezzo alla neve, è costretta a chiamare un Uber per portare a termine la sua missione. Tutto si aspetterebbe meno che di ritrovarsi davanti come autista la sua vecchia fiamma del liceo, Kyle, proprio colui che tredici anni prima l'aveva bidonata la sera prima del ballo. Poche storie, lui deve farsi perdonare e questa è l'occasione giusta, così partono insieme con l'obiettivo di consegnare tutti i regali entro lo scoccare della mezzanotte. Peccato che gli imprevisti non siano finiti…

NEWTON COMPTON EDITORI

Felicia Kingsley

Due cuori in affitto

Volume di 352 pagine, euro 3,90

Summer ha ventisette anni ed è californiana. Blake ne ha quasi trentatré ed è un vero newyorkese. Lei aspira a diventare una sceneggiatrice di successo, ma per ora è solo assistente del direttore di produzione di una serie tv. Lui è uno scrittore da svariati milioni di copie e i suoi bestseller sono sempre nella classifica dei libri più venduti. Summer è fidanzata con un uomo molto più grande di lei, mentre Blake è single per vocazione. Lei è una persona ordinata, precisa e mattiniera, fa yoga e beve tè verde; lui fa colazione con un Bloody Mary e due sigarette, vive nel caos e non si sveglia mai prima delle due del pomeriggio. Summer e Blake non hanno proprio niente in comune, a parte una casa delle vacanze negli Hamptons, che per un mancato passaggio di informazioni è stata affittata a entrambi. Qualcuno se ne deve andare, ma tutti e due hanno ottime ragioni per restare. E le ragioni potrebbero aumentare con il passare dei giorni…

Felicia Kingsley

Una Cenerentola a Manhattan

Volume di 416 pagine, euro 3,90

"Un paio di scarpe possono cambiarti la vita" è una frase che non ha mai convinto Riley, e i colpi di fulmine per lei sono sempre stati e rimangono un fenomeno atmosferico. Orfana da quando aveva dieci anni, a ventisette ha tutt'altro a cui pensare: una matrigna succhia-soldi che le inventa tutte per ostacolarla; due sorellastre aspiranti web star, sempre impegnate a tiranneggiarla; tre lavori che deve fare per riuscire a vivere nella Grande Mela; e, per non farsi mancare nulla, il romanzo a cui sta lavorando da due anni e che sogna di poter pubblicare. Ma a New York le occasioni sono dietro l'angolo e un galà in maschera a Central Park potrebbe rappresentare il trampolino perfetto per realizzare il suo sogno. Quello che Riley non ha considerato è che a una festa del genere si possono fare anche incontri inaspettati… E proprio per colpa di uno speciale paio di scarpe si ritrova, proprio lei, da un giorno all'altro, a diventare la protagonista della favola più romantica di sempre nella città dove tutto può succedere.